GUENIEVRE

E. Boutevillain-Weisrock

Guenièvre et la loi du Talion

Roman

Éditeur : BoD-Books on Demand
12-14 rond-point des Champs-Élysées, 75008 Paris
Impression : Books on Demand, Norderstedt, Allemagne

ISBN : 978-2-322-37924-8
Dépôt légal : Mars 2022

*C'est le cœur qui sent Dieu et non la raison. Voilà ce que c'est
que la foi : Dieu sensible au cœur, non à la raison.*

Blaise Pascal, Pensées, IV, 278

Du même auteur chez BOD

Les Contes de Zattise Zeqwestchen. Illustrations Alain Catherin.

Les Contes de Zattise Zeqwestchen, L'inquisiteur. Illustrations Alain Catherin.

5, rue des Aubépines, Paule, tome 1.

5, rue des Aubépines, Suzanne, tome 2.

5, rue des Aubépines, Suzy Suzette, tome 3.

Nouvelles pour une histoire revisitée.

Armande et la légende de Siméon.

Chez les éditions 12/21

Alea Jacta Est, prix Télérama Monuments Nationaux Château de Vincennes.

1

Adossée à l'arbre, le regard vague posé sur le Doubs, enveloppée par les effluves, elle s'abandonnait à la douceur de l'instant. La nuit limpide, émaillée d'étoiles, simples lumières évanescentes, enveloppait les arbres et les arbustes tandis que les insectes nocturnes dansaient avec une sorte de frénésie s'opposant à son calme olympien. Elle ne pensait à rien, hypnotisée par le cours du fleuve. Volupté du moment : ne rien programmer, ne pas ressentir, un vide salutaire après ces mois intenses, surréalistes. Ce soir commençait son introspection ? Son analyse ? Son deuil ? Elle n'aurait su le dire. Elle savait seulement qu'il était temps pour elle de faire une pause. Trois jours. Elle s'était octroyée trois jours. Sans téléphone, sans urgences, sans personne à qui parler. Un silence monacal comme seul compagnon. Elle le savait, son état l'exigeait. Un exploit. Sa secrétaire en était restée coite : le professeur Philandrin s'offrant trois jours de repos. Pas des vacances, non, non, du banal repos. Quand elle lui annonça que son remplaçant assurerait les trois jours à venir, elle en resta la bouche grande ouverte de stupéfaction et de contentement. Enfin, elle devenait normale. Parce que la normalité n'était pas le fort de Guenièvre. Elle était infatigable : trois semaines de congé et le vingt-trois décembre étaient suffisants pour se ressourcer. Ça et l'aviron qu'elle pratiquait quasi tous les jours, quel que soit le temps. L'aviron : endurance, solitude, épuisement du corps, cerveau exsangue de toute pensée. Elle excellait dans la discipline. Ça et le piano. Apaisant, exigeant, disciplinant, une rigueur qu'elle avait faite sienne. Un piano pour jouer seule. Telle était Guenièvre. Une taiseuse dont les gestes disaient beaucoup, une solitaire à la fois méfiante et bienveillante, distante et humaine, indifférente et curieuse. La nature l'avait façonnée comme une œuvre unique, inaccessible et cela lui convenait parfaitement.

De toute façon, vivre autrement aurait été impossible. Du fait de sa taille : un mètre quatre-vingt-dix. Douze en réalité. Quatre-vingts kilos. Une masse en somme. Rien de féminin pour le commun des mortels. Un bloc de muscles et un cerveau. On la voyait de loin. Dans la rue, dans les magasins, dans les amphis, au bloc opératoire. On retenait une masse. Du fait, aussi, de son visage : une tache rouge, large, vaste, en recouvrait la partie gauche. Petite fille, elle dut s'habituer au regard de gêne, de curiosité, aux moqueries, à l'ostracisme. Réfugiée dans la solitude, elle avait bâti un mur, devenu un rempart d'indifférence. Elle ne fuyait pas les autres, elle ne s'en protégeait pas, elle avait tout bonnement renoncé. À quoi bon ? Phénomène de foire, voilà ce qu'ils voyaient. Elle s'en fichait comme de sa première layette.

Encore plus ce soir. Ce soir, elle avait besoin d'oublier ou d'accepter ou de se poser. Ce soir, elle maîtrisait mieux que quiconque ce qu'elle était : le professeur Philandrin, gastro-entérologue au nouvel hôpital de Besançon ; aînée de six filles. Six. Un record dans la famille qui avoisinait, toutes générations confondues, plutôt les quatre enfants par couple. Eh ben là, elles furent six. Guenièvre, Philomène, Léontine, Blanche, Mathilde et Angèle. Toutes semblables : un mètre quatre-vingts. Enfin, sauf Mathilde, la plus petite avec un mètre soixante-dix-huit.

Tous les habitants de l'Isle-sur-le-Doubs connaissaient les Philandrin. Installés depuis cinq générations, ils faisaient partie du paysage. Anatole, le fondateur de la dynastie, débarqué de la Creuse, maçon de formation, avait prêté main-forte à de nombreuses familles pour consolider ou construire leur maison. Il avait construit la sienne, un peu en retrait du village, à proximité du Doubs. Pas trop loin pour profiter du bruit de l'eau et pas trop près pour limiter les effets des inondations. Même si le fleuve, en réalité, n'en faisait qu'à sa tête. La maison fut transmise au fils aîné, Gilbert. Menuisier, il réalisa la bibliothèque qui emplissait toujours la pièce pour laquelle elle avait été pensée. Il passa le relais à Antonin, le grand-père de Guenièvre, pharmacien, qui agrandit la maison notamment en aménageant le petit parc attenant et en créant un accès au fleuve. Henriette hérita de la maison à la mort de son père. Elle n'ajouta rien, ne construisit rien. Elle y éleva ses filles, en prenant soin de l'héritage familial qui finira dans l'escarcelle de Guenièvre, ouvrant la cinquième génération. Héritière non pas du fait du droit d'aînesse, mais parce que c'était la seule maison dont elle pouvait franchir le seuil sans se cogner le front. Le grand-père, culminant à un mètre quatre-vingt-quinze, avait eu l'heureuse idée d'agrandir les encadrements de porte, facilitant ainsi la vie « des grands » de la maisonnée. Ses sœurs avaient tenu pour acquis que leur aînée reprendrait la maison.

– Si ça peut t'éviter de ressembler à Quasimodo.

Les sœurs Philandrin avaient grandi dans l'ombre protectrice de leur aînée, mûrissant de son silence, de son écoute et admirant ses prouesses scolaire et physique. Toutes avaient réussi leur vie, mais Guenièvre gardait une aura de mystère qui la rendait précieuse et sacrée. L'attitude de leur grand-père, teintée d'une profonde admiration pour l'enfant devenue adolescente, avait accentué l'idéalisation de Guenièvre, la transformant presque en adulation : pas de rivalité, pas de chipotage autour d'une poupée, pas de crêpage de chignon. Rien. Une fratrie soudée. Et attention à celui qui osait émettre une remarque à l'encontre du pilier de la famille ou bousculer les coutumes ! Les sœurs sortaient les griffes de l'ironie et du sarcasme et pilonnaient l'importun jusqu'à ce qu'il rende l'âme. Mû par l'instinct de survie, aucun de ses beaux-frères n'avait tenté l'expérience. Ses neveux et nièces venaient chercher des conseils tandis que leurs mères buvaient ses paroles. Faut dire qu'elles étaient tellement rares ! Les câlins n'étaient pas le genre de la maison non plus. Enfin, pas avec Guenièvre. Non par crainte, simplement parce que cela ne correspondait pas à ce qu'elle était. Bébé, Antonin s'adressait à elle comme à une adulte, avec des phrases construites, complexes et non avec les borborygmes réservés aux enfants. Dès qu'elle fut en âge de parler, il la reprenait gentiment à chaque erreur. Même ses parents n'éprouvèrent pas le besoin de lui faire des bisous. Ils jouaient avec elle, lisaient avec elle, mais n'étaient pas cajoleurs. Parce qu'elle n'en avait pas besoin, se contentant d'observer, de sentir, de froncer les sourcils à chaque chose non comprise, réfléchissant, mais ne faisant pas de bisous. Ni aux adultes ni à ses sœurs. À personne. Ah si ! À Gustave. Mais c'était une tortue, ça ne comptait pas.

♫

– Veux-tu bien arrêter d'espionner ta fille ! rouspéta faussement Henriette.

– J'espionne pas, je vérifie que tout va bien.

Jumelles en main, Raymond Philandrin observait Guenièvre.

– Elle fait quoi ? s'enquit son épouse.

– Je croyais que je n'avais pas le droit de l'espionner, s'amusa-t-il.

– Rhô !

– Elle bouge pas. Elle boit un chocolat chaud.

– Comment le sais-tu ?

– De quoi ?

– Que c'est du chocolat.

– Parce que cela embaume la maison.

– Cela pourrait être le mien !

– Henriette, le tien est à la cannelle, là, ça sent la vanille.

– Tiens, mais c'est vrai ! Rhô, du chocolat à la vanille ! C'est un sacrilège. Une sacrée manie que lui a donnée Bertille.

Il sourit en se rappelant les querelles surjouées de sa femme avec sa sœur au sujet du chocolat chaud à la vanille pour l'une, à la cannelle pour l'autre. Bertille était si futée qu'enfant elle chipait le chocolat de sa sœur avant qu'il ne soit aromatisé pour ajouter de la vanille. Henriette n'aimant pas le goût, Bertille buvait les deux ! Son sourire s'effaça au souvenir de sa belle-sœur.

– C'était notre passé, murmura-t-il tristement, en baissant ses jumelles.

Un mouvement sur la gauche lui fit reprendre sa surveillance.

– Quelque chose ne va pas ? s'inquiéta sa femme.

– Hein ? Attends. Non, c'est Henri-Jacques qui vient de s'installer. Il lui tend un truc, ça a l'air d'être un plat. C'est bien, ils vont manger.

– Peut-être qu'il va pouvoir lui parler.

– Chérie, Henri-Jacques est aussi bavard que ta fille. Ils vont manger et c'est tout.

– C'est aussi ta fille je te ferais dire !

– Ah oui, mais elle tient de ton père.

Il est vrai que le grand-père Antonin n'était pas connu pour son humour, mais plutôt pour son économie des mots et des gestes. Le total opposé de ses filles. À croire qu'elles l'avaient fait exprès ! Être présent, parler à bon escient, agir selon sa conscience, telle était la devise des Philandrin. Henriette et Bertille avaient apporté un zest de gaieté, de joie et de frivolité dans un univers très rigoriste. Raymond rangea ses jumelles et embrassa sa femme.

– Il est temps de passer aux choses sérieuses ! Jan ! On est prêts !

Le couple et leur ami s'installèrent à la table de jeu pour commencer leur partie de scrabble du soir. Habituellement, ils étaient couchés à cette heure, mais les derniers événements avaient bousculé les habitudes. Ils étaient surtout inquiets à propos de Guenièvre.

♬

Il aurait pu lui tendre le plat en lui disant « Salut, c'est de la part de Gianni, il a fait des pâtes à la carbonara ». Il aurait pu ajouter « Je suis passé pour voir si tu allais bien », ou encore raconter sa journée. Mais il n'en fit rien. Pas le genre de la maison. Non. Il s'était assis, lui avait tendu une gamelle de l'armée remplie de pâtes et avait préparé une gamelle de croquettes pour Rachmaninov, posé en mode sphinx à côté de Guenièvre. Le bleu russe miaula son contentement, tandis que Guenièvre entamait son repas en silence aux côtés de son ami. Aucun ne parla. Parce que ce n'était pas nécessaire et parce que depuis leur enfance, ils fonctionnaient ainsi. Henri-Jacques, né au Gabon, du moins le supposaient les religieuses de l'orphelinat, avait été adopté par Albert et sa femme, amis des Philandrin. Le coup de cœur entre le couple et l'enfant avait sauté aux yeux de tous. Tout comme le lien indéfectible qui l'unissait à la fille de Raymond. Henri-Jacques, enfant, parlait peu pour faire oublier sa couleur de peau. Son amie parlait peu parce qu'elle n'avait rien à dire. Leur complicité rendit tous les mots inutiles. Ils se comprenaient sans. Cependant, ils avaient aussi la capacité incroyable de tout se confier et, là, les discussions pouvaient durer toute une nuit. Combien de fois, Albert avait-il débarqué chez les Philandrin pour s'assurer que son fils, absent de son lit, était bien en train de papoter avec Guenièvre !

Ce soir, il était venu simplement pour dire qu'il était là : ami fidèle, oreille bienveillante. Il savait peu de choses des derniers mois de son amie. Il savait juste qu'elle était allée en Pologne avec Gianni et que cela avait un rapport avec les Philandrin. Le reste lui était inconnu. De toute façon, aurait-il su que cela n'aurait rien changé, pris lui-même dans le deuil de son père. La mort d'Albert avait été un choc pour tous. Le père aimant était parti rejoindre une épouse dont il n'avait supporté la disparition. Henri-Jacques les savait heureux là-haut, mais le manque était terrible pour cet enfant en partie déraciné. Même s'il avait fait sa vie à l'Isle-sur-le-Doubs, fondé une famille, même s'il avait les Philandrin comme deuxième maison, il n'en restait pas moins un Noir aux yeux de certains. Il n'en restait pas moins avec des souvenirs vagues de cris, de sang, de violence sans pour autant arriver à se rappeler pleinement. En avait-il envie du reste ? Sa vie était ici, ses origines là-bas. Il se rappelait le visage de sa mère, jeune femme fière et belle, les paysages de brousse, les odeurs fortes des bœufs, la chaleur étouffante avant les pluies, la boue, la poussière. Il était forgé de cela, c'était son sang, son ADN, sa fierté. Mais il était aussi un « Doubiste », un amoureux des vallons, des montagnes, du fleuve large et puissant. Pas autant que le Rhin, mais bouillonnant à ses heures. Il était le fils de Chantal et d'Albert Torvald, les parents qu'il s'était choisis ; l'ami de Guenièvre ; le mari de Georgina, le père de Eusèbe et Félicie ; le capitaine dans le troisième régiment d'infanterie de marine et, à présent, le directeur d'une des salles de sport de Besançon. Mais avant tout, l'ami de Guenièvre. Surtout ce soir.

Quand il partit, rien n'avait été dit. Nul besoin. Demain, elle viendrait à la salle, enfourcherait un vélo — ce qu'elle n'aimait pas faire — pédalerait le temps de son échauffement puis irait prendre son bateau pour ramer au moins deux heures. Ensuite, elle rentrerait, jouerait peut-être du piano, puis s'installerait de nouveau à cette place. Et de nouveau, il lui apporterait un plat accompagné d'un gâteau fait maison. Ils dîneraient ensemble, peut-être en échangeant des banalités jusqu'à ce que le moment soit venu pour elle de se livrer. C'était ainsi depuis quarante ans, ce n'était pas maintenant que cela allait changer.

♫

Elle aurait peut-être dû lui demander. À quoi bon ? Évidemment qu'il avait tué, c'était un soldat ! Il ne partait pas en mission avec des Carambars™ ! De toute façon, ce n'était pas ça la question. Ce n'était pas de savoir s'il avait tué, mais ce que l'on ressentait à l'avoir fait. Elle en avait discuté avec Gianni sur le chemin de retour. Les paroles des Del Monte résonnaient encore dans sa tête.

– Je ne saurais pas vous dire, avait répondu Gianni. Mon père m'avait interdit de tuer. Péter des bras, des genoux, des dents, faire peur, préparer les braquages, ça oui. Mais les règlements de compte, c'était lui ou mon cousin, Giacomo. Je ne sais pas pourquoi, mais c'était ainsi. Sans doute pour qu'on puisse raccrocher en douceur. Giacomo a été buté par un Bonari. Simple retour de politesse. Du coup, on s'est en partie rangés des voitures. Le deal, la prostitution, tout ça, on a cédé la place à des cadors, plutôt sans morale d'ailleurs. Je ne dis pas qu'on en avait, de la morale, c'est juste qu'on avait des règles qui sont plus celles de maintenant. On reste une famille, on compte, personne ne viendrait nous emmerder. Rapport qu'on est trop bons dans notre partie.

Elle revit son sourire de vainqueur.

– Quatre braquages, jamais pris. Du trafic sur la route, jamais pris. On est trop forts !

– Et vous me racontez ça…

– Ah Professeur ! Aucun risque avec vous ! Votre père et vous avez des valeurs. Vous n'iriez pas nous balancer. Et je vous dirais même que mon père aimerait que vous le fassiez pour que la justice se casse les dents et ainsi on deviendrait indispensables !

– Ça vous rendrait service en somme.

– Oui, Madame !

Il souriait comme un gamin. Elle se rappela alors comment ils en étaient arrivés là. Comment elle avait fini par raconter succinctement au père Del Monte, alors son patient, la situation inextricable dans laquelle elle se trouvait : tenir une promesse intenable. Comment il avait déboulé, quelques jours plus tard, dans son cabinet avec son fils, sous prétexte d'une urgence et comment ils s'étaient immiscés dans la vie des Philandrin.

– Votre père m'a mis KO quand j'ai eu affaire à lui. Pas dans la violence, non, pire, dans les mots. Il m'a traité de grosse merde parce que je faisais turbiner les filles, de lâche et de lie de la société. Croyez-moi, je lui aurais bien démonté la tête ! Il m'avait arrêté, mais sans preuve, je suis sorti comme innocent. Sauf qu'il m'avait manqué de respect. J'ai décidé de lui faire payer. Je l'ai fait suivre et un jour, je l'ai vu venir vous chercher à l'école. J'ai vu comment il vous parlait, comment il était suivi par deux autres gamines, vos sœurs, comment il vous regardait. Alors ses mots me sont revenus et je me suis dit que c'était un mec bien, qu'il avait raison, qu'un jour je me mettrai au vert pour élever une famille dont les enfants me regarderaient avec les mêmes yeux admiratifs. Bon, je ne vous cache pas que cela m'a pris du temps, mais c'est fait. Votre père, je lui dois bien ça. Les Del Monte peuvent vous aider, les Del Monte vont vous aider. Et ne vous inquiétez pas, ça nous arrange aussi.

De là, Gianni s'était présenté à la maison, avait écouté, observé les documents et monté le projet. Une vraie réussite : la promesse avait été honorée « Et en plus on vient de s'ouvrir un marché en Biélorussie ! Je ne vous raconte pas ! ». Guenièvre n'était pas convaincue de la victoire, sinon pourquoi éprouvait-elle un malaise à évoquer les événements. Quelque chose n'allait pas, ne cadrait pas, n'avait pas son point final. Elle pensait que c'était le fait d'ignorer ce que l'on ressentait quand on tuait. Pourtant, Del Monte père avait été assez explicite.

– Mon père avait fui Mussolini. Le Duce, ça ne le bottait pas. Trop dangereux pour les affaires. On s'était installés en France. Bonne idée au départ, mais les Macaronis, ce n'était pas la spécialité du coin. On était bien pratiques pour les champs, les usines, mais quand la récession de 1929 a pointé son nez, ben là, on était bon pour finir en sauce ! Je ne vous raconte pas quand Mussolini s'est « marié » avec Hitler. La vache ! Je peux vous dire que l'entrée en guerre, on l'a bien sentie ! Mon père a reçu sa convocation de la préfecture. Il nous a pris sous le bras, ma sœur et moi, et on est repartis fissa en Italie. Le camp de Loriol[1], ce n'était pas pour nous. Quitte à vivre en étant soupçonné de tout, autant l'être chez nous. Mon père a adhéré au communisme et a fait partie de ceux qui ont pourri la vie du Duce. On n'a pas forcément bien vécu, mais on était plus libres de nos mouvements que dans un camp d'internement. Bon, le truc, c'est qu'il fallait porter ce foutu uniforme. Bon Dieu, ce que j'étais moche dedans ! Trop freluquet dans un machin de deux fois ma taille « Quand tu seras grand, il t'ira à merveille », me disait ma mère. Elle avait pris deux tailles de plus pour économiser le tissu. Ah ! Je peux vous

---

[1] Camp d'internement dans la Drôme à Loriol où sont internés entre 1939 et 1940 Allemands, Autrichiens, Espagnols et Italiens.

dire que j'étais beau ! Simplet dans le film de Disney. Ma sœur et moi, on ne comprenait rien du monde des adultes, si ce n'est qu'il fallait s'en préserver.

Elle entendit son rire.

– J'ai commencé mes premières armes pendant cette période. J'ai vite compris pourquoi mon père avait cette attitude ambivalente : uniforme le jour et maquis la nuit. Grâce à la gueule d'ange de ma sœur et mon air niais, il nous a été possible de collecter des infos utiles aux partisans. Mon grand-père a étendu son trafic. Au départ, avant la guerre, c'était l'alcool frelaté vendu à prix d'or. Puis, ça a été des coups de main pour vider des entrepôts, pour finir avec le trafic d'armes en lien avec les Alliés. Tout ça sous le nez du Duce ! Je ne dis pas qu'on ne s'en est pas mis dans les poches, mais on a aussi amélioré le quotidien des gens de notre immeuble qui pensaient comme nous. On s'est jamais fait prendre. Je suppose que le Bon Dieu avait besoin de nous. Bon, après-guerre, on a tourné en eau de boudin en se liant aux familles.

Elle l'entendit boire.

– J'ai tué mon premier gars à dix-sept ans. Une petite frappe qui se prenait pour un caïd et qui emmerdait les filles du quartier. En plus, il louchait sur ma petite amie. Mon père m'a passé une rouste, non pas parce que j'avais tué, mais parce que j'avais mal tué. « Y'a des règles » qu'il m'a dit. Du coup, il m'a envoyé faire mes classes avec Gino. C'était le gars des basses besognes de la famille. Une fois mon service fait, je suis devenu son aide puis son remplaçant. Croyez-moi j'étais bon. Très bon. J'ai vécu comme ça pendant longtemps. On me filait des contrats, je les exécutais. Je ne peux pas répondre vraiment à votre question, parce que pour moi, c'était, et c'est toujours, un job comme un autre. Une tâche à accomplir. Les gars que j'ai tués, je savais pourquoi. Votre père, c'est différent. Il était en légitime défense. Je veux dire, il devait protéger sa famille. Mais vous savez, on ne peut pas repenser au passé. Ça ne sert à rien. On ne peut pas analyser une situation de guerre quand on est en paix. C'est idiot. Pendant une guerre, les relations ne sont pas régies de la même façon ; ce ne sont pas les mêmes règles. On peut juger, à la limite, mais juger quoi ? Il n'y a que ceux qui ont vécu cette période qui peuvent comprendre, et encore.

Plus j'y pense, plus je me dis que votre père et ses amis ont été sympas. Franchement, à leur place, avec mon passé, ces gars-là, je ne les aurais pas enterrés. Ça non. Je leur aurais défoncé la tête, je les aurais dépecés. Bref, je n'aurais pas été un tendre. Ils n'auraient pas eu une mort propre. Mais à la hauteur des saloperies qu'ils avaient commises. Ils se sont comportés comme des soudards. Pire même. Je ne dis pas qu'on ne peut pas perdre le contrôle, mais là, ça sort de l'entendement. Des religieuses !!! Ils s'en sont pris à des religieuses ! Nom de Dieu ! C'était des maris, des pères, des fils et ces salopards attaquent des frangines ! Bordel ! Ce sont des femmes ! Pas armées ! Moi, là, ça me sort par les yeux. Mon père à la Libération n'a pas dû être un ange, mais jamais il n'aurait fait un truc pareil. Jamais. C'est au-delà de l'humain. Votre père, il a fait la guerre, vos amis aussi, ils n'ont pas fait ça. Je ne suis pas sûr que le problème est d'avoir tué cinq gars. Il y a autre chose. Je le sens. Le commissaire, là, il ne dit pas tout.

Guenièvre en était convaincue : son père occultait une partie du problème. Volontairement. Enfin, ce n'était pas ce soir qu'elle trouverait. Elle se leva, s'étira pour supprimer l'engourdissement des membres, puis monta se coucher suivie de Chopin et Rachmaninov. Le Scrabble™ sur la table lui fit comprendre qu'ils avaient joué tard, sans doute en l'attendant. Elle sourit en lisant les mots sur le plateau. Jan avait encore gagné.

♬

Tandis qu'elle s'escrimait à trouver un intérêt à s'entraîner sur un vélo elliptique, Henri-Jacques déballait le vélo couché qu'il venait d'acquérir pour sa salle. Pour Raphaël surtout. Jusqu'à présent les « grands » venant suer utilisaient le rameur ou l'elliptique, lui épargnant le soin d'investir dans une nouvelle machine. Mais c'était avant de rencontrer le médecin. Il n'avait eu aucun mal à deviner qui il était.

– Tu verrais ! s'était exclamée Mathilde, il est plus grand que Guenièvre !!!

– Comme papy, avait surenchéri Philomène.

Les deux Philandrin avaient déboulé un jour dans la salle, en mode adolescentes hystériques et s'étaient mises à commenter tout ce qu'elles racontaient en même temps qu'elles racontaient, empêchant toute compréhension de leurs propos. Habitué, il les laissa vider leur sac avant de poser les questions qui éclaireraient ce salmigondis.

Elles étaient allées dire bonjour à leur aînée « qui vivait des trucs pas faciles avec une petite qu'il fallait greffer », il traduisit « ça fait un moment qu'on ne l'avait pas vue » et soudain, sorti de nulle part, était arrivé ce jeune médecin « beau comme un astre » « et grand ! », « il connaît bien Guenièvre » « même qu'il la dévore des yeux », ce qu'il traduisit en « un médecin était venu demander conseil à son amie, professeur en gastro-entérologie ». Henri-Jacques s'imagina la tête du médecin en voyant les trois sœurs : toutes de grande taille, mais Guenièvre les dépassant. S'il était aussi grand qu'elles le disaient, il avait dû se dire que Dieu l'avait entendu et envoyé des personnes auxquelles il pourrait parler sans se dévisser la nuque. Il dut reconnaître que les deux Philandrin avaient raison : il était très grand, un bon mètre quatre-vingt-dix-huit et, ma foi, bien beau aussi. Jeune surtout. Henri-Jacques avait grimacé lorsqu'il l'avait rencontré sur la rive en train de regarder son amie ramer. Guenièvre avait cinquante-six ans, lui sans doute trente-cinq à tout casser, ça fait quand même vingt ans. C'était beaucoup. Sans compter le passé amoureux de son amie. Une vraie galère. Marquée par une humiliation violente, elle avait renoncé à être aimée. Il se doutait que la blessure était toujours ouverte. En même temps, difficile de faire autrement.

♫

Guenièvre avait vingt-cinq ans, étudiante en médecine, elle débutait en tant qu'interne. La fac était bondée de testostérone et ce fut sur elle qu'il jeta son dévolu. Quel connard ! grommela Henri-Jacques repensant au passé tout en se débattant avec l'emballage de la machine. Un beau gosse, propre sur lui, lui avait fait une cour discrète, assidue, tout en tenant compte de sa méfiance. Jamais personne ne s'était intéressé à elle sauf pour la choisir dans son équipe d'EPS et là, un jeune homme bien fait de sa personne, le verbe suave, les yeux enamourés, lui adressait la parole, lui tournait autour. On peut dépasser de deux têtes la plupart des personnes, on n'en est pas moins femme. Elle le crut, tomba amoureuse et succomba. Elle lui offrit sa fleur. Quinze jours plus tard, elle remarqua les regards moqueurs, elle vit les doigts pointés sur elle quand elle traversait un hall. Elle crut que c'était parce qu'une nouvelle fois, elle était première. Quelle déconvenue. Pire. Quelle douleur quand une âme bien intentionnée vint lui demander comment elle se sentait maintenant qu'elle était pleinement femme. Elle découvrit avec stupeur qu'il avait raconté leurs ébats à tout le monde. Que toute la fac savait qu'elle était vierge à vingt-cinq ans. Le coup de grâce fut quand il lui donna rendez-vous pour lui signifier qu'elle était trop novice et que cela ne l'intéressait plus. L'annonce détruisit Guenièvre, lui ouvrant les yeux sur la réalité : il voulait seulement s'offrir la fille la plus grande du campus. Sa virginité n'avait été qu'un bonus. Elle ne vint plus aux cours pendant une semaine, prétextant des maux de ventre. Ses parents ne s'inquiétèrent pas outre mesure, au contraire de Bertille. Chaque vingt-trois décembre, elle recevait la visite de sa filleule au Carmel. Mais ce jour-là, Guenièvre était ailleurs. La nonne vit le regard triste, désespéré, regard tant de fois vu par le passé. Craignant le pire, elle questionna jusqu'à ce que sa nièce cédât. Quand elle sut, elle fut à la fois soulagée et en colère.

– Si tu cèdes, tu lui donnes raison. Bats-toi. Tu es une Philandrin ! Prouve à ce débile profond que tu es la plus forte. Lève la tête, redresse-toi, affronte leurs moqueries, deviens la meilleure, écrase-les par tes compétences, méprise-les !

Guenièvre avait fixé sa tante d'un air ahuri : Bertille avait fait vœu de silence et elle le brisait pour elle. Encouragée, elle lui confia ses pensées et ses sentiments. Bertille ne lui répondit que ceci :

– 1945, Berlin.

Puis elle enchaîna avec le cours de piano et retourna dans son silence monacal. Rentrée à la maison, la jeune interne se dirigea vers la bibliothèque et se mit à fouiller. Si Bertille avait parlé de Berlin, il y avait une raison. Elle se mit donc en devoir de trouver.

– Tu cherches quelque chose, mon ange ?

– Oui papy, un livre sur Berlin en 1945.

Le vieil homme avait sursauté.

– Qui t'a parlé de Berlin ?

– Bertille.

Elle vit son grand-père s'asseoir, abattu.

– Mon Dieu. Elle t'a parlé. Après toutes ces années ! Elle a dit quoi d'autre ?

– Rien, simplement ça.

Ils se regardèrent un instant, lui, puisant sa force en celle de sa petite-fille.

– Puisqu'il le faut, soupira-t-il. Elle doit avoir ses raisons.

Guenièvre n'avait rien compris, mais elle recueillit avec respect l'ouvrage tendu par son grand-père.

– Tu trouveras tout dans ce rayonnage.

Il lui avait pris le visage entre ses mains.

– C'est bien qu'elle t'ait parlé. J'ignore pourquoi. Un jour, peut-être, tu comprendras. Un jour, tu sauras. Elle t'aime beaucoup pour l'avoir fait.

Il l'avait embrassée sur le front et l'avait laissée dans la bibliothèque pour se réfugier dans sa serre : les orchidées, seules, pouvaient voir les larmes couler sur les joues du vieil homme qui n'avait pas su protéger sa fille. Guenièvre avait pris place dans un fauteuil et avait commencé sa lecture. Quand elle referma « Une femme à Berlin »[2], elle avait les mâchoires serrées.

– Ma fille, tu n'es qu'une conne.

Le lendemain, elle était de retour en fac, plus déterminée que jamais, indifférente à tout et à tous. Elle gravit les années avec aisance, mais seule. Bertille n'eut pas besoin de savoir que sa nièce avait repris le dessus. Au fond d'elle, elle le savait. Le vingt-trois décembre suivant, lorsqu'elle la vit pénétrer le Carmel, elle sut

---

[2] Une femme à Berlin, Journal 20 avril-22 juin 1945, Folio, 2006.

qu'elle avait eu raison. Elle sut qu'un jour, Guenièvre lui rendrait la raison.

– On ne déconne pas avec les Philandrin ou alors on en accepte les effets secondaires, avait tonné Albert, découvrant la mésaventure de sa filleule.

Marvin Bonneau, le fameux jeune premier soi-disant amoureux de Guenièvre, en fit les frais. Par trois fois, sa voiture fut couverte de fines griffures impossibles à poncer et par trois fois, il en changea, car garder une voiture de marque griffée n'était pas concevable. On a un standing ou pas.

– C'est moche, hein ? commenta un officier de l'armée, visiblement un para au vu de la couleur du calot, debout devant le véhicule.

– C'est un scandale ! vitupéra l'interne.

– Ouais. Et le pire, c'est que ça risque bien de continuer.

Marvin Bonneau, se tournant brusquement vers son interlocuteur, le fixa d'un œil mauvais.

– Ah oui ? Et on peut savoir pourquoi ? cracha-t-il presque.

– La Loi du Talion, ça vous parle ? Guenièvre est ma filleule et l'amie de mon fils, poursuivit-il calmement en montrant du doigt un autre para, entouré de ses camarades. L'esprit de famille dans l'armée, ça a un sens et pas que dans l'armée.

Il le quitta en souriant.

– Je vous ferai payer ! Vous avez avoué ! éructa le médecin.

– Mais oui, mais oui. J'ai trop peur. Tu as peur aussi, hein, Henri-Jacques ?

– Je suis mort de trouille.

L'interne entendit les rires des soldats qui s'en retournaient à leur camion, bien contents d'eux. Marvin s'en ouvrit à son père qui débarqua en mode commando dans le bureau du président de la faculté de médecine. Ce dernier apprécia peu le ton hautain du parisien qui lui faisait face. Il apprécia encore moins les injonctions et pas du tout quand, après avoir agi pour satisfaire ce père en colère, sa requête fut déboutée.

– Vous êtes bien gentil, lui avait dit le procureur, mais vous me demandez une action contre un soldat moult fois décoré, et pas pour des broutilles, sans aucune preuve à part une discussion sans témoin. C'est parole contre parole. Je vais informer la justice militaire, c'est de leur ressort.

Le père était sorti du bureau confiant, oubliant le point de départ du problème : l'humiliation de Guenièvre.

– Torvald !

– Mon général ?

– Avez-vous volontairement rayé la voiture d'un certain Marvin Bonneau.

– Disons que le chat de mon ami Raymond l'a fait. Mon fils voulait le présenter à une amie, il lui a échappé des mains pour se réfugier sur le capot de la voiture.

– ?

– Elle était en chaleur.

– Nom de Dieu, Torvald ! C'est quoi ce délire.

Le capitaine souriait de toutes ses dents.

– Guenièvre est ma filleule. On n'humilie pas ma filleule.

– Ce sont des conneries, Torvald ! Pas de quoi fouetter un chat. Une histoire de fesses.

Albert Torvald s'était alors redressé de toute la hauteur de son mètre quatre-vingt-huit.

– Ma nièce a été humiliée, il doit payer.

Le général soupira. Torvald était un monument. Le blâmer aurait été ridicule. Le sanctionner encore plus. Tout ça pour une histoire d'alcôve. Derechef, il soupira.

– Cela dit, si je puis me permettre, on voit à peine les rayures. Il n'était pas obligé de changer de voiture à chaque fois.

– Mais on ne peut pas les réparer !

– Ah, ça. C'est moche.

– Rompez ! Mais, merci d'arrêter. Et c'est un ordre. Et dites à votre filleule de s'endurcir ou de mieux choisir ses amis.

– À vos ordres.

Il salua et sortit fier de lui, même si la dernière remarque ne lui avait pas plu. Henri-Jacques, quant à lui, avait fêté leur victoire avec une magnifique choucroute. On était tout de même en juillet.

– Y'a pas de saison pour la choucroute !

♫

– Tu as encore dix minutes ! rouspéta-t-il cutter en main.

Il avait bien repéré que Guenièvre descendait de son appareil.

– Allez ! En piste ! Sinon, tu vas te faire une tendinite.

Il sourit en la voyant faire la moue. Son sourire s'élargit quand le vélo fut enfin sorti de son emballage. Un vrai vélo de grand ! Il observa la salle pour vérifier que l'emplacement choisi était le bon et commença à le déplacer. Les habitués commençaient à arriver, saluant Guenièvre et admirant le nouvel engin.

– Je peux y aller maintenant ? grommela une voix.

– Oui, Madame. Amuse-toi bien.

Ça, pour s'amuser, elle allait s'amuser. Parce qu'il ne s'agissait que de cela : prendre du bon temps. Ramer jusqu'à plus soif, jusqu'à ce que le corps signalât qu'il était repu. Pendant trente minutes ou deux heures, elle était en symbiose avec le fleuve. Il devenait doux quand il sentait venir une difficulté, tumultueux quand il fallait donner de la vitesse. Il aimait sentir ce bateau fendre ses eaux, défier ses courants, il aimait arroser de ses embruns le visage de la sportive, comme un encouragement. Non qu'il n'aimât pas les autres, mais, elle, c'était différent. Elle était comme lui : à part. Grande, épaisse, forte, elle ramait pour son plaisir, sans chercher le record, seulement pour le repos du corps. Mens sana in corpore sano. Déjà eux avaient compris le bon usage du fleuve. Parce qu'il en avait vu passer des époques ! Germains, Romains et maintenant touristes. Toujours des envahisseurs, mais d'une autre catégorie. S'il pouvait parler, enfin si on lui posait la question, il répondrait qu'il avait charrié autant de corps que supporté de navires. Il y en a des os dans ses fonds ! Des Germains, des Romains, des soldats du roi, des soldats de la République. À présent, l'humain trempe sa peau dans son cours. Il en était presque à se demander s'il ne préférait pas les cadavres. En plus, les humains lui avaient retiré son appellation de fleuve pour celle de rivière ! Un scandale. Mais bon, il s'était fait une raison. Il souriait de tous ses galets en écoutant les pêcheurs, les cyclistes, commentant sa largeur, son tumulte ou son calme, oubliant jusqu'à ses racines à Mouthe, son mariage avec la Saône faisant de lui le gendre du Rhône et sa traversée de la Suisse bienheureuse.

Elle, elle savait. Il savait qu'elle savait. Elle ramait pour lui, il coulait pour elle. Quand il y avait de l'eau ! Des fois, ça ne suffisait pas. On voyait le fond. Il se sentait alors tout nu. Puis, les pluies revenaient accompagnées des touristes. Et elle aussi revenait. Il n'était jamais triste quand elle déposait les rames, il savait qu'elle serait là le lendemain et encore après. Il en était ainsi depuis longtemps. Il ne connaissait pas l'unité de temps des hommes, il se repérait au corps : petit, puis grand ; frêle puis costaud ; brun puis blanc. Une rivière restait une rivière : avec plus ou moins de poissons, plus ou moins d'eau, de bateaux, plus ou moins large, mais elle ne vieillissait pas. Tout en suivant la progression de Guenièvre, le Doubs avisa un homme qui fixait la jeune femme depuis la rive. Il repéra également sœur Marie-Bénédicte au guidon de son vélo tout voile au vent. Il sourit.

– Ah, mais non ! Saperlipopette !!! s'exclama la religieuse. Mais c'est pas possible !

Et c'est une religieuse poussant un vélo aux deux pneus crevés qui passa devant le docteur Raphaël Mattei-Porcher. Devant son ombre ou ce qu'il restait de lui serait plus approprié. La rencontre improbable se fit grâce à Catamount, le berger australien du médecin.

– Bonjour toi ! le salua sœur Marie-Bénédicte. Tu n'aurais pas une rustine pour deux pneus par hasard ? Non, bien sûr. Notre Seigneur veut que je termine à pied, on dirait.

Catamount inspecta les pneus de sa truffe pour revenir aux pieds de la nonne, fort marri de ne pouvoir l'aider.

– Tu es bien gentil, va. Bon, c'est pas tout ça, mais j'ai du chemin moi.

Elle entreprit de poursuivre sa route quand son regard se posa sur le fleuve.

– Mais oui, bien sûr ! s'écria-t-elle. Guenièvre ! Guenièvre ! s'époumona-t-elle depuis la rive.

– Je crains qu'elle ne vous entende point, fit une voix derrière elle.

– J'en ai peur. Sœur Marie-Bénédicte, carmélite, salua-t-elle.

– Raphaël Mattei-Porcher, pédiatre.

En mauvais état, se dit-elle en laissant ses yeux errer sur le visage émacié, agrémenté d'une barbe broussailleuse, seul élément vivant, le reste étant vide et terne.

– Ce n'est pas grave, je vais finir à pied.

Il faillit lui dire qu'elle avait un vélo à la main quand il aperçut les pneus aplatis.

– Avez-vous de quoi les gonfler ?

– Je crains qu'ils ne soient crevés, en fait.

Ce qu'un rapide diagnostic confirma.

– Guenièvre pourrait me ramener, mais à cette distance elle ne m'entend pas.

Au moment où elle avança un pied, le pédiatre se proposa.

– Je vous remercie, mais je ne veux pas abuser.

– Je vous en prie. Je ne prends mon service que cet après-midi. Je vous dois bien ça, vous étiez présente pour Bastien.

♫

– Docteur ! avait appelé une infirmière, c'est le petit Bastien.

Elle n'eut pas besoin de terminer sa phrase, il savait que c'était la fin. Il n'était pas débutant, c'était un professionnel, mais là, il eut du mal.

– Prévenez le professeur Philandrin.

L'infirmière avait haussé un sourcil ne voyant pas le rapport entre la gastro-entérologue et la leucémie de l'enfant, mais s'était exécutée. Guenièvre était venue. Ils se côtoyaient depuis peu, lui, venant d'arriver de Toulouse et elle, venant en pédiatrie pour soigner les troubles liés à sa spécialité. Ils avaient sympathisé et ce soir-là, il avait besoin d'elle. On trouve de tout dans les hôpitaux : des médecins, des infirmières, des patients, les familles des patients et les cadeaux des familles des patients. Particulièrement en pédiatrie. Celle de Besançon avait hérité d'un piano. Plus personne ne se rappelait pourquoi, mais il ne serait venu à l'idée de personne de le retirer. Guenièvre échangea quelques bribes avec le pédiatre, remarqua le piano, s'assit et se mit à jouer. D'aucuns diraient que c'était particulièrement inapproprié, Bastien, lui, mourut en paix, le sourire aux lèvres. Il se savait condamné et se laissa emporter par les notes qui passaient outre les murs, qui franchissaient les couloirs pour arriver jusqu'à lui. Des notes qui lui firent du bien, qui s'enroulèrent autour de son âme pour mieux la guider. Il partit avec Mozart laissant un service déboussolé. Les infirmières avaient beau être aguerries, ici, on était dans le service des enfants, dans le service du petit Bastien pour lequel tout avait été tenté. Les parents s'effondrèrent pendant que le service se murait. Les compagnons de galère de Bastien quittèrent leur lit pour rejoindre le piano et Guenièvre qui continuait de jouer. Jusqu'à ce que son cerveau lui dise que la musique avait fait son œuvre. La petite Fanny, blottie contre elle, avait murmuré « C'est beau. Il est heureux. Moi aussi, plus tard, je jouerai comme toi et je ferai du bien aux gens ». Raphaël Mattei-Porcher et son service avaient regardé la géante avec d'autres yeux. Il comprit, surtout, qu'elle ne lui était pas indifférente. En revanche, il ne comprit pas son refus de déjeuner avec lui. Il s'était passé deux ans depuis la mort de l'enfant, il lui avait semblé qu'elle aimait sa compagnie et au moment où il faisait un pas — enfin un saut de géant dans son cas — elle le rabrouait gentiment en lui disant qu'elle préférait une relation professionnelle. Il se retrouvait comme une nouille avec son amour en guise de collier.

♫

La religieuse le regarda avec bonté, se rappelant.

– Nous avons agi comme nous le devions. Les prêtres font souvent appel à notre chorale. Nous avons fait appel à Guenièvre pour nous accompagner. Elle a grandi au Carmel vous savez, ajouta-t-elle voyant une étincelle dans les yeux de son interlocuteur à l'évocation du professeur. D'accord, raccompagnez-moi, comme ça, je vous raconterai cette incroyable situation.

Et elle la lui narra. En continu. Sans la moindre pause à part pour signaler où tourner.

– Sœur Bertille était déjà recluse dans notre ordre lorsque j'ai prononcé mes vœux, sœur Bertille était sa marraine, précisa-t-elle. Guenièvre était déjà interne. Je vous avouerai que je suis tombée des nues en apprenant que nous avions une telle sœur parmi nous. C'est rare d'avoir une recluse, d'autant que notre Carmel est ouvert au monde. J'ignore pour quoi, mais j'ai vite compris que chaque vingt-trois décembre, la famille Philandrin débarquait au grand complet : les parents — enfin quand Raymond n'était pas de service —, les filles – les cinq cadettes et Guenièvre ainsi que Jan et Albert. Tout ce petit monde passait la journée avec nous, à l'exception de Guenièvre qui passait sa journée avec sœur Bertille. Elle était la seule qu'elle acceptait de recevoir. Pas pour parler. Pour jouer du piano. Savez-vous qu'elles ont l'oreille absolue ? Henriette, sœur Bertille et Guenièvre. C'est assez fascinant. Elles peuvent jouer un morceau simplement après l'avoir entendu. Même encore maintenant, cela m'impressionne. La journée entière, on entendait le piano, sauf pendant les trente minutes de pause déjeuner que la pianiste et son professeur s'accordaient. Nous, pendant ce temps-là, nous vaquions à nos occupations tout en discutant avec la famille ou jouant avec les petites. Je peux vous dire qu'on en a fait de la marelle, du tricotin et des bougies !

Elle s'esclaffa.

– Cela nous faisait un bien fou. La musique et le babillage des filles Philandrin. Parce qu'autant Guenièvre ne parle pas, autant ses sœurs sont des moulins à paroles ! Attendez-moi un instant que je prévienne notre mère supérieure de votre présence. Si, si ! Vous entrerez bien prendre un café ? Nous en avons du très bon.

Raphaël Mattei-Porcher céda et attendit devant la lourde porte en bois.

– Ma mère, permettez-moi de vous présenter mon sauveur.

Le médecin s'inclina.

– Vous êtes un don du ciel, parce que là, sœur Marie-Bénédicte, vous avez fait fort ! Deux pneus !

– Et je n'ai même pas fait exprès ! rit la religieuse.

Elle conduisit le pédiatre et son chien jusqu'à son atelier dédié au cycle.

– Je suis équipée comme un pro ! Grâce à Albert, le père de Henri-Jacques. Vous l'avez connu ?

– Seulement Henri-Jacques.

– Un homme bien. Le père comme le fils. J'étais à vélo sur une route verglacée et bien sûr, patatras. Je me suis retrouvé les quatre fers en l'air et voilà un homme qui s'arrête en voiture, que je reconnais comme étant lié aux Philandrin et qui me dit : « Non, mais vous les bonnes sœurs, y'a pas moyen ! Vous vous croyez dans la Grande Vadrouille ? ». Il m'a raccompagnée, a réparé mon vélo et une semaine plus tard, il m'équipait. Je peux tout réparer : les pneus, les roues, les freins, le cadre. Tout. Et je vous fiche mon billet que cette fois-ci, je ne vais pas avoir ce dont j'ai besoin, ajouta-t-elle en fouillant partout. Ben oui. Pff.

– Puis-je vous aider ?

– Je doute que vous ayez des pneus sur vous. Encore moins des comme ceux-là. Ils datent de mathusalem.

Catamount confirma que les pneus dataient au moins de cette période.

– Il est vraiment beau, constata-t-elle, observant le chien. Nous n'avons pas d'animal ici, à part un lapin, un géant des Flandres. Une idée de Georgina, la femme de Henri-Jacques. Une de nos sœurs est atteinte de la maladie d'Alzheimer et elle a pensé que la thérapie par l'animal pourrait fonctionner. Ce qui est le cas. S'occuper de lui ou le caresser l'apaise et la rassure.

– Sa famille ne peut pas la prendre en charge ? s'étonna-t-il.

Elle lui sourit.

– Nous sommes sa famille. Et quand bien même, les maisons spécialisées sont coûteuses. Sœur Adèle finira ses jours parmi nous et nous ferons au mieux pour elle. La musique lui fait du bien aussi. Notre mère supérieure réfléchit à faire venir Guenièvre plus souvent. Je sais qu'elle est très occupée, mais peut-être pourrons-nous trouver un arrangement.

Elle soupira.

– Sœur Bertille a rejoint notre Seigneur. Je doute que les Philandrin reviennent. Ce vingt-trois décembre va nous manquer.

– Connaissez-vous la raison du choix de la date ?

– Aucune idée. Mais cela va me manquer. C'est très égoïste, je le reconnais. Les Philandrin ont d'autres chats à fouetter que de venir tenir compagnie à des nonnes. Ils sont dans une période difficile, vous savez. Albert est mort l'an passé, sa femme voilà quatre ans et là, sœur Bertille. Ils vivent ce que nous vivons tous : le départ des aînés et le sentiment qu'on est les suivants.

Elle but une gorgée de café qu'une religieuse avait apporté.

– J'aime cette famille. Ils sont soudés, ressentent de la compassion pour autrui. Ils sont capables de gestes désintéressés, tout en n'assistant plus aux offices. Leur Foi a été ébranlée, mais pas leur humanité.

Elle le vit baisser la tête, à la fois triste et honteux.

– Je ne lui ai jamais vu de petit ami, reprit-elle toute à ses pensées. Ses sœurs nous ont présenté leur fiancé, leur mari, leurs enfants. Elle, jamais. Je regrette qu'elle n'ait pas connu cet amour que l'autre vous donne. Elle était sans doute trop grande, trop large, trop douée. Son visage, aussi, peut-être… elle s'arrêta un instant. Pourtant, c'est un tel joyau. Bon, faut pas avoir envie de taper la causette, parce que si elle aligne trois mots, ce sera le bout du monde.

Elle le vit esquisser un sourire.

– Vous l'observiez depuis la rive.

Il leva un visage gêné.

– Ne vous fâchez pas. Votre façon de la regarder est révélatrice. Rassurez-vous, continua-t-elle le voyant rougir, personne n'a dû le voir. Sauf peut-être Henri-Jacques, enchérit-elle. Attendez-vous à une leçon de morale de sa part : il la défend bec et ongles. Comme le faisait son père, qui était, également, son parrain. Avec Jan. Son deuxième parrain. Un homme qui a connu les souffrances les plus atroces.

Il ne baissait plus les yeux, il buvait à la fois le café et les paroles. On lui avait raconté, en effet, une étrange intervention de Guenièvre aux urgences.

♪

Sa secrétaire venait de faire une entrée remarquée dans le bureau de réunion du service.

– Votre parrain est aux urgences. C'est grave, avait-elle lancé essoufflée.

Le professeur Philandrin s'était levé sans un mot, laissant les autres médecins du service les bras ballants ne sachant s'il fallait continuer sans le chef. Ils prirent sur eux de le faire non seulement pour passer les infos, mais aussi pour mettre au point l'accueil des pontes qui débarquaient sous peu de Paris et de Suisse.

Guenièvre, à son arrivée, se heurta au médecin urgentiste qui apprécia peu d'être congédié.

– C'est mon domaine ici, je ne viens pas marcher sur vos plates-bandes.

– C'est mon parrain et à moins que vous ne parliez le yiddish, votre intervention ne servira à rien.

Outré, mal embouché, il la planta là avec l'interne qui faisait ses premières armes dans le service. La jeune femme vit Guenièvre décrocher son téléphone, appeler un rabbin, puis un certain Henri-Jacques pour lui demander une Torah. Intriguée, elle chercha du regard le soutien de l'infirmière présente, totalement impassible. Aux urgences, elle en avait vu d'autres : une Torah, une Bible ou une culotte sur la tête, elle s'en fichait pas mal.

Jan, prostré en position fœtale, posait un vrai problème aux soignants. Sa respiration sifflante mettait en évidence une détresse respiratoire qu'il fallait au plus vite stopper, mais la raideur des bras empêchait tout accès à la poitrine.

– Rabbin ? décrocha Guenièvre, Jan est en difficulté. Il est retourné là-bas.

– Racontez-moi, fit une belle voix grave.

Brièvement, elle narra les récents événements qui bouleversaient la famille, le stress de Jan depuis la mort d'Albert, ses insomnies depuis le décès de Bertille.

– Je vois. Qu'attendez-vous de moi, Guenièvre ?

– Traduisez en yiddish ce que je vais dire, s'il vous plaît. Henri-Jacques est allé chercher sa Torah.

– Allez-y.

Sous les yeux ébahis de l'infirmière et de l'interne, elle se mit à réciter :

– Il en est du royaume des cieux comme d'un homme qui avait semé du bon grain dans son champ. Pendant que tout le monde dormait, son ennemi sema une mauvaise herbe au milieu du blé, puis s'en alla. Quand le blé eut poussé et produit des épis, on vit aussi paraître la mauvaise herbe. Les serviteurs du propriétaire de ce champ vinrent lui demander[3] :

– Maître, n'est-ce pas du bon grain que tu as semé dans ton champ ? D'où vient donc cette mauvaise herbe ?

Il leur répondit :

– C'est un ennemi qui a fait cela !

Alors les serviteurs demandèrent :

– Veux-tu donc que nous arrachions cette mauvaise herbe ?

– Non, répondit le maître, car en enlevant la mauvaise herbe, vous risqueriez d'arracher le blé en même temps. Laissez pousser les deux ensemble jusqu'à la moisson. À ce moment-là, je dirai aux moissonneurs : « Enlevez d'abord la mauvaise herbe et liez-la en bottes pour la brûler : ensuite vous couperez le blé et vous le rentrerez dans mon grenier. »

---

[3] Matthieu, 13. 31-35

Alors Jésus laissa la foule et il rentra dans la maison. Ses disciples vinrent auprès de lui et lui demandèrent :

– Explique-nous la parabole de la mauvaise herbe dans le champ.

Il leur répondit :

– Celui qui sème la bonne semence, c'est le Fils de l'homme ; le champ, c'est le monde ; la bonne semence, ce sont ceux qui font partie du royaume. La mauvaise herbe, ce sont ceux qui suivent le diable. L'ennemi qui a semé les mauvaises graines, c'est le diable ; la moisson, c'est la fin du monde ; les moissonneurs, ce sont les anges.

Comme on arrache la mauvaise herbe et qu'on la ramasse pour la jeter au feu, ainsi en sera-t-il à la fin du monde : le Fils de l'homme enverra ses anges et ils élimineront de son royaume tous ceux qui incitent les autres à pécher et ceux qui font le mal. Ils les précipiteront dans la fournaise ardente où il y aura des pleurs et d'amers regrets. Alors les justes resplendiront comme le soleil dans le royaume de leur Père. Celui qui a des oreilles, qu'il entende.

À Marc succéda Luc.

– Un enseignant de la Loi se leva et posa une question à Jésus pour lui tendre un piège.[4]

---

[4] Luc, 10.35-37

– Maître, lui dit-il, que dois-je faire pour obtenir la vie éternelle ?

Jésus lui répondit :

– Qu'est-il écrit dans notre Loi ? Comment la comprends-tu ?

Il lui répondit :

– Tu aimeras le Seigneur ton Dieu, de tout ton cœur, de toute ton âme, de toute ton énergie et de toute ta pensée, et ton prochain comme toi-même.

– Tu as bien répondu, lui dit Jésus : fais cela, et tu auras la vie.

Mais l'enseignant de la Loi, voulant se donner raison, reprit :

– Oui, mais qui donc est mon prochain ?

En réponse, Jésus lui dit :

– Il y avait un homme qui descendait de Jérusalem à Jéricho, quand il fut attaqué par des brigands. Ils lui arrachèrent ses vêtements, le rouèrent de coups et s'en allèrent, le laissant à moitié mort. Or, il se trouva qu'un prêtre descendait par le même chemin. Il vit le blessé et, s'en écartant, poursuivit sa route. De même aussi un lévite arriva au même endroit, le vit, et, s'en écartant, poursuivit sa route. Mais un Samaritain qui passait par là arriva près de cet homme. En le voyant, il fut pris de pitié. Il s'approcha de lui, soigna ses plaies avec de l'huile et du vin, et les recouvrit de pansements. Puis, le chargeant sur sa propre mule, il l'emmena dans une auberge où il le soigna de son mieux. Le lendemain, il sortit deux pièces d'argent, les remit à l'aubergiste et lui dit : « Prends soin de cet homme, et tout ce que tu auras dépensé en plus, je te le rembourserai moi-même quand je repasserai. »

Et Jésus ajouta :

– À ton avis, lequel des trois s'est montré le prochain de l'homme qui avait été victime des brigands ?

– C'est celui qui a eu pitié de lui, lui répondit l'enseignant de la Loi.

– Eh bien, va, et agis de même, lui dit Jésus.

La voix calme et apaisante du rabbin transformait les paraboles en une mélodieuse mélopée. L'effet que produisirent les paroles saintes se fit imperceptiblement sentir. Le corps se décrispa un tout petit peu, mais surtout la respiration devint moins sifflante. C'est alors que Henri-Jacques déboula avec la Torah et un gendarme.

– J'ai roulé un peu vite aux yeux de la maréchaussée.

– Bonjour Titouan, salua Guenièvre, reconnaissant le gendarme.

– Bonjour Guenièvre. On faisait un contrôle, on l'a accompagné quand j'ai su le pourquoi.

Elle sourit avec gratitude.

– Celui qui ôte la vie à un fils d'Israël détruit un monde entier ; et celui qui sauve la vie d'un fils d'Israël sauve l'humanité[5].

Tout en prononçant ces paroles, elle éventa les pages de la Torah sous son nez.

– Rabbin, j'ai la Torah.

Alors la belle voix grave se mit à psalmodier. Le chant juif emplit la pièce, atteignit les oreilles de Jan, suivit les méandres du cerveau pour se poser délicatement sur les souvenirs. Doucement, des larmes jaillirent, mouillèrent les joues sèches, emportèrent avec elle les regrets, mirent au jour le chagrin, libérèrent le corps des tensions, apaisèrent la respiration.

– J'irai dire le kaddish.

À peine, le rabbin eut-il fini de traduire cette dernière phrase que Jan ouvrit les yeux pour fixer, plein d'espoir, sa filleule.

– Le rabbin m'apprendra et j'irai.

L'interne, quelque peu tourneboulée, put effectuer la consultation, demander des examens complémentaires sous l'expertise de Guenièvre. L'infirmière quant à elle raconta à tous que Philandrin « était totalement dingue ! ».

– Philandrin ! cria, dans le couloir, une voix que tout le monde craignait à l'hôpital.

---

[5] Coran, sourate 5 ; le Talmud, Mishna Sanhédrin 4,5.

Amandine, le dragon du boss.

– Si vous croyez que j'ai que ça à faire que de vous courir après ! Le patron vous attend ! Et fissa !

La secrétaire personnelle du grand patron était descendue en personne la chercher, ça allait donc chauffer ! Tout le monde craignit pour le patron. Guenièvre, fidèle à elle-même, salua Henri-Jacques et Titouan pour suivre les un mètre quarante de nerfs qui couraient devant elle.

– Bon Dieu, Philandrin ! On avait rendez-vous, il y a plus de deux heures ! Qu'est-ce que vous foutiez aux urgences ?

Guenièvre ne répondit rien, d'abord parce qu'il connaissait la réponse, ensuite parce qu'en réalité, il se fichait comme de sa première couche de ce qu'elle faisait aux urgences.

– On a de la visite, je vous rappelle. Qu'a prévu votre service ?

– La réunion s'est faite sans moi.

– Bordel, vous êtes chef de service !

Le patron se permettait ce langage familier uniquement avec elle. Parce qu'elle avait coiffé au poteau les meilleurs pendant toutes ses études et parce que la Suisse la lui empruntait quand un chef d'État étranger à l'estomac fragile avait besoin de discrétion. Traduction : elle était très compétente. Et parce qu'avec elle, il pouvait libérer un peu de pression.

– J'imagine que le plus simple est que Moriceau les accueille, leur fasse faire le tour des équipements et qu'ils assistent à une opération, proposa-t-elle.

– Que voulez-vous qu'…

– S'ils veulent visiter le bloc, il vaudrait mieux que cela se passe pendant une intervention afin de ne pas déranger tout le service.

Elle se retint de dire qu'elle ne voyait cependant pas l'intérêt de leur présence. Le patron se détendit.

– Vous avez une OP demain ?

– Non.

Elle le vit se rembrunir et suggéra la cardiologie. Il haussa un sourcil. Il connaissait l'animosité entre les deux professeurs, qualifiée de vulgaire histoire de fesses, mais animant les bruits de couloirs.

– Et pourquoi la cardio ?

– Je doute que me voir tripoter des intestins soit glamour.

Il ne put s'empêcher de sourire.

– Soit, je verrai avec la cardio. Vous allez ramer pour quelle équipe cette année ? lâcha-t-il sans lien avec le sujet.

– Je suppose que ce sera pour les pompiers.

– Essayez de laisser une chance aux gendarmes.

– J'ai gagné pour eux l'année passée.

– Allez du balai. Et préparez-moi un service étincelant de savoir-faire !

Elle quitta le bureau comme elle était arrivée.

– Bon, il est encore vivant ? questionna amusée Amandine.

Guenièvre lui rendit son sourire.

– Je ne comprends pas pourquoi il pense que les grands de ce monde vont venir en gastro-entérologie. Ce n'est pas le service dominant de l'hôpital, marmonna-t-elle plus pour elle-même que pour obtenir une explication.

– Avec les grands, on ne sait jamais où on met les pieds.

La secrétaire éclata de rire, très fière de sa plaisanterie.

– Non, mais je rêve, vous êtes grand ! s'étrangla-t-elle.

Raphaël Mattei-Porcher venait de faire son apparition.

– Je, euh…

– Mettez-vous à côté pour voir ? ! Sapristi ! Vous êtes plus grand qu'elle ! Non, mais, c'est un complot !

Il ne savait plus où se mettre tandis que Guenièvre partait en riant.

– Vous voyez ! Je vous l'avais bien dit que vous finiriez par trouver quelqu'un à votre taille ! lui cria-t-elle. Allez, vous, en piste, le patron vous attend. Et merci d'arrêter d'embaucher des grands ! râla-t-elle en claquant la porte du bureau.

♫

– Jan va mieux, mais les Philandrin sont profondément touchés, poursuivait sœur Marie-Bénédicte

– C'est quoi le kaddish ?

– La prière des morts pour les Juifs.

– Oh.

– C'est une louange du nom de Dieu. C'est une prière d'espérance depuis la destruction du Temple et l'Exode du peuple juif. Ils récitent cette prière pendant toute la période du deuil d'un parent, à savoir un an. Elle doit porter un autre nom, mais il m'échappe. Guenièvre est partie en Pologne pour Jan. Pour réciter le kaddish à Auschwitz.

Ils observèrent sans le vouloir un temps de silence.

– Vous devriez rentrer.

Il haussa un sourcil.

– Un passage chez le barbier vous fera le plus grand bien. Vous ne pouvez décemment pas courtiser Guenièvre avec une tête pareille !

Il ouvrit grand la bouche, mais aucun son ne sortit. À quoi bon. Il passa toutefois chez lui prendre une douche, préparer le repas de Catamount avant de se rendre à ses consultations.

– Où est Philandrin ? s'enquit Marvin Bonneau en entrant dans la salle de réunion.

– Le patron lui court après, répondit une voix. Elle est en congé.

Le cardiologue se retourna tasse en masse.

– En congé ? Philandrin ?

– Oui. Au moment même où son extraordinaire service reçoit la visite de pontes venus de l'étranger pour admirer son incroyable savoir-faire, ironisa un médecin.

– Je vois. L'infectiologie a du mal à accepter que ses travaux soient moins reconnus que les greffes du service de gastro-entérologie.

– Parce que la cardiologie s'en remet ?

La passe d'armes entre les deux professeurs amusa certains, fit soupirer les autres.

– Je te signale qu'on nous fait venir une nouvelle fois pour organiser leur visite et que la principale intéressée est de nouveau absente. Nous aussi, nous avons du travail.

– C'est parce qu'on est moins doués qu'elle.

– Quoi ?

– Mon cher, si nous avions ne serait-ce qu'une once de son talent, les réunions ne seraient que des formalités au milieu d'un emploi du temps blindé, mais géré.

– Parce que voilà que toi, tu admires Philandrin ? Amusant.

Marvin Bonneau sourit de toutes ses dents.

– Ce n'est pas parce que je me suis comporté comme un porc, un prétentieux, un arriviste, un pourri que je ne reconnais pas la valeur de l'adversaire. Et si j'avais été moins con, je me serais sans doute aperçu qu'au lieu de la détester, j'en étais amoureux.

Son interlocuteur éclata de rire.

– Fantastique ! Quel bel aveu. Tu es trop chou.

– Et toi trop con.

L'infectiologue se leva d'un bond.

– Trop con et trop aveugle pour voir que la visite de demain, ce n'est pas pour le service, mais pour Philandrin qu'ils se déplacent.

– N'importe quoi !

– Diane ? Tu m'as bien dit que la première visite avait été repoussée pour permettre l'arrivée d'un Américain ?

Cette dernière acquiesça.

– Donc voilà.

– Voilà quoi ?

– Ils reviennent à la charge. Ils étaient venus pendant sa dernière année d'internat, dix ans après, et de nouveau, les revoilà. Elle est trop chiante en fait. Tout lui réussit.

Vous savez pourquoi je l'ai humiliée ? poursuivit-il comme pour se libérer du remords, parce que cette histoire est connue de vous tous. Non ? Parce que je voulais la faire tomber de son piédestal. Ouais. Pas glorieux, hein ? Je voulais être enfin le premier. Au lieu de ça, j'ai donné naissance à un monstre : le meilleur professeur toutes disciplines confondues. Ouais ! Ne t'en déplaise, elle nous coiffe tous au poteau. Dans tous les domaines. Tu te rappelles, Diane, la première autopsie ? Ce foutage de gueule. C'était Simonin le prof. On avait un cadavre sous les yeux et il fallait l'ouvrir. Comme Philandrin dépassait tout le monde et parce qu'il ne pouvait pas la saquer, il lui a refilé le bistouri. La blague !

Il se mit à rire de concert avec Diane.

– On peut avoir la suite ? demanda un professeur en traumatologie.

– Elle a découpé le corps comme une pro. Simonin en avait les yeux qui sortaient des orbites.

– Et moi, ce jour-là, je me suis dit que la gériatrie me conviendrait bien mieux. C'est vrai qu'elle est douée, reconnut Diane. Rien ne la prend de court. Pas étonnant qu'ils veuillent la débaucher si c'est ça l'objectif.

– Tant mieux. Bon débarras. Au moins, on aura quelqu'un de compétent à sa place.

Marvin Bonneau haussa un sourcil.

– Tu n'as pas prêté attention à ce qu'on a dit ? Elle est douée en tout. Les Suisses vont sans doute lui proposer un service et une chaire et les Américains un poste de neurochir.

– Neurochir ? ! N'importe quoi ! Elle fait dans les tripes !

– La reconversion, ça existe.

– Mais arrête ! Entre le cerveau et les intestins, il y a un monde. Elle ne peut pas passer de l'un à l'autre.

– Elle peut, fit la voix d'Amandine le dragon qui venait de pénétrer dans la pièce sans frapper. C'est elle qui a opéré ma nièce d'une tumeur au cerveau. Elle faisait son double internat avec le professeur Carmin. Il la voulait dans son service.

– Ah, c'est pour cela que vous l'avez à la bonne ! s'amusa Bonneau.

Elle haussa les épaules en guise de réponse.

– Et sinon, vous l'avez trouvée ?

– Non. Injoignable, lâcha le patron qui suivait sa secrétaire. Ce n'est pas possible, on ne peut pas faire sans elle, soupira-t-il en s'asseyant.

– Si elle n'est pas là, c'est qu'il y a quelque chose de grave chez elle, commenta Bonneau.

– Oui, la rougeole d'un de ses enfants.

Le patron toisa l'importun. Il voulait bien de l'émulation, mais les réflexions moisies, mesquines et lourdes n'étaient pas tolérées.

– Philandrin est essentielle. Elle tient le service et a le taux de réussite de greffe sur les enfants le plus important. Vous pouvez la détester, la mépriser, la jalouser, mais reconnaissez au moins ses compétences. Moriceau assurera la visite.

– Il est compétent.

– C'est une quiche.

– Bonneau !

– Si. C'est moi à vingt ans, je sais de quoi je parle.

– Il est donc compétent.

– Oui. Mais le sera toujours moins que la patronne.

– Oui, bon, ben, on fera avec, sauf si vous avez une idée de comment faire venir Philandrin.

– Sœur Marie-Bénédicte, proposa doucement une voix grave.

Raphaël Mattei-Porcher avait été invité par défaut, son chef de service visitant lui-même un autre hôpital.

– Une religieuse ?

– Une carmélite. Elle connaît bien Gue… le professeur Philandrin.

– Et vous pensez ?

– Je peux lui demander d'intercéder.

– D'où la connaissez-vous ? questionna curieux Bonneau.

– Je l'ai rencontrée ce matin. Elle venait de crever ses pneus de vélo.

– Bon, ben à défaut de mieux. Allez ! Ouste ! Terminez vos consultations et faites intervenir votre religieuse. Il me faut Philandrin demain.

– Et passez chez le barbier, on dirait un bûcheron ! cria une voix d'un mètre quarante alors qu'il passait en courant devant son bureau.

♫

Allongé dans son lit, Raphaël Mattei-Porcher se demandait si toute cette soirée avait été réelle. Il s'était précipité chez Gianni afin qu'il lui taille la barbe, la flamme étant revenue. Difficile de faire autrement après avoir entendu Bonneau avouer à la fois ses sentiments et son aversion pour Guenièvre. Il comprenait mieux le rejet dont il avait fait l'objet et s'était décidé à tenter sa chance. « Je ne suis pas Bonneau », avait-il grommelé.

Du barbier, il était allé au Carmel. Il avait attendu audience, avait expliqué le but de sa visite et avait reçu pour toute réponse « Allez me la chercher ». Ce qu'il fit promptement. Une fois à l'Isle-sur-le-Doubs, il s'était rappelé ne pas savoir où habitait Guenièvre. Henri-Jacques, très soupçonneux ma foi au téléphone, avait alors marmonné un « j'espère que je ne fais pas une connerie » pour ajouter « Eusèbe est à la maison, il vous attendra chez papa ». Bon, cette partie-là du message était absconse pour Raphaël, mais il avait le Graal : l'adresse des Philandrin. Une fois devant, il s'était rendu compte qu'il venait les mains vides et que cela ne se faisait pas. Du coup, il s'était dit que se présenter avec des douceurs serait bien vu et bienvenu. Ni un ni deux, il avait filoché à la boulangerie-pâtisserie qui sentait bon le pain cuit et le sucre. Le choix était tellement vaste qu'il craignit de commettre une bévue et resta planté devant la vitrine le regard scrutateur.

– Vous ne savez pas quoi choisir, on dirait.

– Les propositions sont toutes alléchantes, mais…

– Mais ?

– Je voudrais offrir des pâtisseries, mais j'ignore le goût de mes hôtes.

– Ils sont du coin ?

– Oui. Les Philandrin.

– Oh, mais là, mon petit monsieur, ça va être facile ! J'étais à l'école avec Philomène ! Vous en voulez pour tout le monde ?

– Euh, c'est-à-dire que oui.

– Alors, chez les Philandrin, c'est simple : la maman, c'est une tartelette. Peu importe à quoi, c'est toujours une tartelette. Il me reste que le citron, donc ce sera au citron. Le papa, c'est un chou chantilly. Monsieur Sorensen, c'est le parrain de Guenièvre, c'est une figue.

Raphaël Mattei-Porcher regardait avec amusement et tendresse, la patronne distribuer avec affection ses gâteaux.

– Bon, il reste Guenièvre. À votre avis, elle prend quoi ?

– Euh, là, je ne sais pas.

– Tout !!! Elle mange de tout ! Vous voulez quoi alors pour elle ?

– Un saint-honoré ?

– Monsieur est connaisseur ! Bien joué ! Et pour vous, ce sera ?

– Une meringue. Euh, pardon, il y a aussi Eusèbe, se rappela-t-il soudain.

– Allons bon. Eusèbe tout seul ou Eusèbe et sa sœur ou Eusèbe, sa sœur et ses parents.

– La dernière, mon capitaine.

– Ben vous, vous êtes bien comme les Philandrin ! Un gâteau pour chacun. Alors, le gamin, c'est une meringue au chocolat, sa sœur, ce sont deux pains au chocolat, le père, c'est flûte, flûte…

– Une figue !

– Ah oui, merci, Sandrine. C'est ma fille. Elle prend la relève. Donc une figue, la mère, une tartelette comme Henriette. Et voilà mon bon monsieur ! Ça va aller, ce n'est pas trop lourd ?

– N'oublie pas qu'on est jeudi, cria Sandrine depuis l'arrière-boutique.

– Oui ! C'est le jour de Philo et sa sœur. Je leur ajoute leurs gâteaux ?

Il acquiesça et se retrouva les bras chargés de paquets. Par précaution, il fit deux voyages. En ouvrant, Raymond Philandrin émit un sifflement admiratif.

– Ah oui, quand même. Entrez docteur, parce que je suppose que vous êtes le docteur qui a rencontré deux de mes filles, ajouta-t-il.

– Absolument.

– Oh, ben, salut toi !

– Oh pardon, je… Catamount… je

– Pas d'inquiétude mon jeune ami. Ici, c'est le domaine des chats, mais tout animal est le bienvenu. Enfin, à l'exception des reptiles. Entre, Catamount, fais comme chez toi.

Henriette et Jan se tenaient au milieu de la pièce, intrigués par la taille du médecin tout comme par la taille des paquets.

– Le voilà !!! rugit une voix ! Philo !!!

Les deux sœurs coururent jusqu'à lui et le débarrassèrent.

– Philomène, numéro deux dans la ligne de succession.

– Mathilde, numéro cinq.

– Raphaël, seul et unique numéro.

Il vit les Philandrin sourire.

– Je viens chercher le professeur Philandrin.

– Une urgence ? s'étonna Henriette. Le secrétariat ne nous a pas appelés.

– Sœur Marie-Bénédicte...

– Laissez-moi deviner, fit Raymond se pinçant le nez pour méditer, elle a crevé.

– Exact. Oh, bonjour professeur, salua-t-il Guenièvre les yeux étincelants de petites étoiles.

– Docteur.

– Sœur Marie-Bénédicte a crevé. Henri-Jacques ne peut venir la dépanner, alors j'ai pensé...

– D'où connaissez-vous la sœur ? l'interrogea Mathilde.

Il raconta brièvement, suivant des yeux Guenièvre, partie à l'étage. Il la vit redescendre tout aussi vite. Qu'est-ce qu'elle était belle ! Pas étonnant que Bonneau en soit tombé amoureux. Lui-même ne se trouvait pas mal non plus avec cette barbe bien taillée. Très dix-neuvième siècle. Tous les deux grands, beaux chacun à leur façon. Lui, un peu maigrichon, elle, forte carrure, mais tous deux au port altier.

– Allons-y.

– Euh, Henri-Jacques m'a dit de passer chez son papa.

Elle lui sourit.

– Venez.

– Votre chien peut rester, lança Mathilde, le voyant chercher Catamount. Il est dehors avec Sébastien.

Il jeta un œil dans le jardin et vit le berger australien en pleine discussion avec un enfant de dix ans.

– Allez-y ! Les nonnettes n'attendent pas !

– Raymond !

– Euh, Docteur, vos gâteaux...

– Madame Philomène numéro deux dans la ligne de succession, ils sont pour vous.

– Et le vôtre, c'est lequel ?

– La meringue.

– Parfait. À tout à l'heure.

– Au fait, elle a crevé quel pneu ? s'enquit Raymond avant de fermer la porte.

– Les deux.

– Les... Non, mais voilà ce que c'est, à force de se prendre des gamelles à vélo... Les bonnes sœurs, c'est plus ce que c'était.

♫

Ils s'étaient dirigés à pied chez Albert où les attendait Eusèbe.

– Papa a dit que je vous emmène à l'atelier. Il a donné ça pour toi, dit-il à l'adresse de Guenièvre, lui tendant une enveloppe. Papy a dit que c'était pour toi.

Ils avaient ouvert l'atelier dont la description relevait de l'improbable : aux murs étaient accrochés des cadres, des pneus, des roues, des pédaliers, des chaînes. Le parfait attirail pour monter différents vélos. Raphaël Mattei-Porcher n'en revenait pas et quand il vit le vélo de Guenièvre, alors là, ce fut le pompon. Un cadre pour adolescent, deux roues, un pédalier, mais attention, sa filleule grandissant, Albert avait bidouillé la selle et le guidon. Du point de vue du pédiatre, nul ne pouvait rouler cent mètres avec un tel engin. Il regarda sa consœur d'un œil ébaubi.

– Si, j'ai fait du vélo avec ça, lui confirma-t-elle.

– Ben ça.

Ils partirent munis des pneus non sans avoir annoncé à Eusèbe que des gâteaux l'attendaient chez les Philandrin. C'est au couvent que cela avait déconné, selon son point de vue bien sûr. Sœur Marie-Bénédicte avait bien pris en charge Guenièvre pour revenir quelques minutes plus tard s'asseoir à ses côtés. Devant son regard étonné, elle expliqua qu'elle avait passé la main à la mère supérieure.

– Pourquoi ?

– C'est elle qui reçoit les confessions.

– Oh.

Le silence s'installa, mais sans apaiser pour autant les esprits.

– Quand on se confesse, c'est à cause d'une faute, non ?

– D'une faute, de regrets, de remords, la confession est aussi un moment où on est face à soi.

Elle se tut pour mieux reprendre.

– Il y a quelque chose chez les Philandrin. Une douleur, je dirais. Qui ne s'est jamais exprimée et dont Guenièvre porte le fardeau, je pense. Albert, aussi, à sa façon. Quelque chose a dû se passer et personne n'en a parlé. Je ne sais pas, mais cette famille a ses failles qu'elle semble vouloir nier ou assumer, comme si tout était une fatalité.

– Ils cumulent les deuils et les inquiétudes, si j'ai bien compris.

Elle lui sourit.

– Oui, aussi. Ils sont assez étranges. Nous rencontrons beaucoup de familles. Elles vivent toutes des drames, mais eux, c'est différent. Je ne ressens pas le même type de peine, la même souffrance chez eux. C'est comme si, quoiqu'il arrive, il y avait plus grave. Ou comme s'ils le méritaient ! Oui, c'est cela, comme s'il y avait un prix à payer.

– Il y a toujours un prix à payer, fit une voix dans leur dos.

– Sœur Françoise-Xavier !

La nonne salua sa consœur et le médecin.

– Guenièvre est là ?

– Oui, avec notre mère.

– Alors, c'est bien. Je me demandais quand cela allait arriver.

Les deux autres la fixèrent, surpris.

– Si elle est avec notre mère, c'est qu'elle se confesse. Si elle se confesse, c'est que c'est en lien avec sœur Bertille. Savez-vous qu'elle est arrivée peu de temps après moi ? Nous sommes quasi conscrites. J'ai su en la voyant que quelque chose ne cadrait pas, qu'elle supportait bien plus qu'une simple pénitence. Je n'ai jamais su quoi. Seule notre mère de l'époque savait. Je me rappelle qu'elle en avait été bouleversée et qu'elle accordait bien plus à sœur Bertille que ce que notre ordre autorisait. Aucune d'entre nous n'y vit jamais rien à redire, d'autant que les Philandrin débarquaient ici tous les vingt-trois décembre et jamais les mains vides. C'était un jour béni pour nous toutes. Même si nous avons dû subir les premiers pas de Guenièvre au piano. Seigneur ! Pendant deux ans !

Elle se mit à rire.

– Sœur Adèle avait proposé qu'on coupe les cordes du piano ! Mais nous aurions eu bien tort. L'avez-vous déjà entendue jouer ?

Raphaël Mattei-Porcher acquiesça.

– Certes, c'était un moment particulièrement triste, reprit sœur Françoise-Xavier quand il eut fini de raconter la fin de vie du petit Bastien, mais vous verrez. Venez le vingt-trois, vous entendrez un vrai concert.

– Sœur Françoise-Xavier, je doute qu'ils reviennent.

– Et pourquoi ?

– Sœur Bertille a rejoint notre Seigneur.

– Et alors ! Moi, je suis toujours là ! Sœur Adèle aussi. Je vous parie qu'elle sera là. Et qu'ils seront tous là. Comme tous les ans. Guenièvre est née dans ce couvent, elle ne l'abandonnera pas. Savez-vous combien de parties de cache-cache nous avons faites ? Et la marelle ! Ah non, elle sera là ! Jamais elle ne pourra oublier. Il n'y a qu'une seule fois où elle est arrivée en retard, une seule. L'année suivante, elle était en avance !

– Que croyez-vous qu'elle confesse ? interrogea le pédiatre.

– Seule notre mère le sait. Notre mère et Dieu.

Il soupira.

– Je voulais simplement que vous lui parliez pour la convaincre de venir à l'hôpital demain.

Il leur raconta alors la réunion de l'après-midi.

– Il y a bien plus important à résoudre, visiblement. Personne ne peut forcer Guenièvre à agir contre son gré. Si elle pense qu'elle doit y aller, elle ira.

– Je ne voulais pas la faire souffrir.

Les deux religieuses posèrent sur lui un regard indulgent.

– Vous avez agi comme il le fallait. Sœur Marie-Bénédicte était la mieux placée pour tenter de la convaincre. Vous avez été devancé par un autre impératif.

Ils se turent en voyant s'approcher Guenièvre, la mère supérieure et deux autres religieuses. Le visage défait de la supérieure alerta les nonnes.

– Je viens avec vous chez les Philandrin, décida sœur Françoise-Xavier, vous me ramènerez.

Ils partirent sans qu'un seul mot soit prononcé. Chez les Philandrin, seule sœur Françoise-Xavier prit la parole.

– On vous la ramène pour que vous en preniez grand soin. La période est rude pour vous et Guenièvre n'est pas causante. Elle est comme les flots tumultueux qu'on croit maîtriser et qui se libèrent soudainement. Le passé est le passé, vous êtes de bonnes gens. Guenièvre est là et, vous, vous serez là le vingt-trois pour agrémenter de beauté la journée de vieilles nonnes qui vous ont vus grandir et vieillir ! ajouta-t-elle malicieuse.

Le sommeil finit par cueillir le docteur Mattei-Porcher en pleine réflexion. Cela ne dura pas bien longtemps. À 5 h 43, son téléphone sonna.

♫

– Philandrin ne répond pas !

Ensommeillé, il mit du temps à saisir le sens de l'appel et surtout pourquoi c'était à lui que l'on s'adressait.

– On a une urgence ! Et elle ne répond pas, hurla presque la voix au téléphone comprenant que de l'autre côté le cerveau était en mode veille.

– J'y vais ! lâcha-t-il enfin, ragaillardi, enfin presque.

Il dut s'accrocher à la sonnette des Philandrin pendant un long moment avant que quelqu'un ne vienne ouvrir.

– Désolé, il me faut Guenièvre.

Il passa devant son hôte, déboussolé, en suivant ses indications pour se précipiter dans le jardin où Henri-Jacques avait monté un bivouac. Le volume sonore des ronflements de ce dernier lui fit comprendre qu'il n'était pas possible au professeur d'entendre la sonnerie de son téléphone encore moins avec un angora couché dessus ronflant aussi fort que son voisin. Aidé de Catamount, il obtint une infime réaction de Guenièvre. Vraiment infime. Les griffes de Rachmaninov doucement plantées dans la nuque, version acupuncture, eurent un effet plus efficace. Des paupières alourdies de sommeil tentèrent une première ouverture, une deuxième pour finalement laisser la place à des yeux bouffis.

– Je suis navré, les urgences n'arrivaient pas à vous joindre.

Le regard vide l'inquiéta quelque peu.

– Tendez-lui ça, fit une voix dans son dos.

Jan s'était approché muni d'un mug d'où s'échappait un fumet très odorant. Ce dernier placé sous les narines de Guenièvre raviva le cerveau. Synapses et cellules se mirent en branle pour éveiller le médecin. Péniblement, elle se leva, but une gorgée du nectar, passa devant les deux hommes sans prononcer une parole et entra dans la maison. Ils attendaient dans le hall, inquiets quand elle apparut en haut des escaliers : treillis et Tee-shirt AC/DC.

– Ça, ça veut dire « Foutez-moi la paix », chuchota Jan. Tenez, emportez le thermos, elle va en avoir besoin. Je vous en ai préparé un pour vous aussi. C'est revigorant, vous verrez.

Aux urgences, mû par un sentiment de survie, nul ne fit la moindre remarque quant à la tenue vestimentaire du médecin. Elle était là et c'était l'essentiel. Depuis la voiture du pédiatre, elle avait écouté et donné ses ordres. C'était en professeur maîtrisant la situation qu'elle se présenta. Le cas était simple, grave puisqu'il fallait passer par l'intervention chirurgicale, mais simple.

♫

– Bien. Vincent, je te présente tous ceux qui vont participer à tes soins : le docteur El Aïdi qui va gérer l'anesthésie sous la supervision du professeur Tanya Saintemarie. Juliette et Célestin, les internes du professeur qui vont suivre l'opération. Lilou, notre infirmière instrumentaliste. C'est elle qui passe les outils chirurgicaux. Et moi, je suis Ritter, l'infirmier anesthésiste. Et la grande ombre là-bas, c'est ton chirurgien.

Le jeune Vincent était bien peu rassuré.

– Ne t'inquiète pas, tu es en sécurité ici, lui murmura Lilou. C'est un peu impressionnant, mais tout va très bien se passer. Le professeur Philandrin est la meilleure.

– Fayote, se moqua Ritter.

Elle lui aurait bien tiré la langue, mais avec le masque l'effet était limité.

– Est-ce que je vais mourir ?

– Bien sûr que non ! répondit Ritter. Ici, tu as les meilleurs.

– Mais je vomis du sang... Beaucoup et...

– Tu vomis du sang parce que ce dernier s'est accumulé quelque part dans ton corps, expliqua Guenièvre d'une voix neutre teintée de douceur. Mon travail va consister à chercher d'où provient ce sang et à refermer la fissure par laquelle il sort. Cela arrêtera ton hémorragie.

– Mais pourquoi est-ce que... s'étrangla le garçon.

– Il se peut que tu aies une fragilité dans le système digestif encouragé par ton alimentation.

– Ou du stress, ajouta Lilou.

– Ou du stress, effectivement.

Le silence se fit tandis que chacun se préparait.

– Après j'aurai plus mal ?

Sous son masque, il devina, au plissement des yeux, le doux sourire de Guenièvre.

– Non. À condition de respecter un régime alimentaire différent, plus adapté et à être suivi régulièrement. Tu auras la même vie avec peut-être du sport en plus pour faire baisser le niveau de stress, si stress il y a.

D'un signe, elle signala qu'il était temps de commencer. Lilou prit un instant la main de l'adolescent qui se détendit avant de s'endormir profondément. De part et d'autre du malade, les deux internes suivirent avec attention les gestes du chirurgien. Guenièvre ouvrit d'abord la cage thoracique. Les hémorragies digestives pouvant trouver leur source n'importe où, les différents examens préliminaires n'ayant rien révélé de proban. Il lui fallait reprendre l'intégralité du système pour trouver la faille. Elle eut un vaste choix : les ulcères très avancés au niveau de l'estomac, les polypes, récemment installés dans les intestins. Tout un panel se présenta qu'elle soigna avec minutie et pédagogie. Alors qu'elle s'occupait de l'estomac fort endommagé, un bruit lui signala une entrée au bloc à laquelle elle ne prêta aucune attention. Au contraire de Ritter et Lilou qui reconnurent les pontes. À peine arrivés à l'hôpital, une âme bien intentionnée en la personne de Bonneau les avait informés que « Philandrin opère. Je serais vous, j'irais assister, ça vaut le détour ». Et cela valut le détour. Notamment quand ils la virent « trifouiller » les intestins, laissant courir sa main tout autour, appuyant par endroits, malaxant à d'autres, tout en gardant en mémoire la coloscopie réalisée aux urgences.

– Et voilà, fit sobrement Guenièvre, mettant au jour un caillot de sang et des ulcères ouverts.

Calmement, elle expliqua à ses internes le « pourquoi, il faut tout vérifier et comment le vérifier ». C'était fascinant. Célestin, l'interne, ne put s'empêcher de s'extasier.

– Que faisiez-vous pendant juillet août quand vous aviez quinze ans ? lui demanda-t-elle.

La question surprit tout le monde, obligeant chacun à se poser la question.

– Vous deviez vous amuser avec vos amis, reprit-elle n'obtenant pas de réponse. Des amis, je n'en ai qu'un et il partait en vacances avec ses parents. L'avantage d'être différente est qu'on occupe son temps différemment. Mon parrain a estimé que je devais utiliser ce temps libre à bon escient. À quinze ans, je nettoyais les salles de la médecine légale. Il m'a tout fait faire : nettoyer les salles, les corps, peser les organes. J'ai appris à ouvrir, coudre, greffer et j'ai dû faire ma première autopsie sur des corps donnés à la médecine à dix-neuf ans. Mon parrain était médecin légiste. J'ai appris beaucoup. J'ai étudié les liens entre les organes, découvert les effets des maladies, leurs aspects. Ce jeune homme me rappelle un ancien mineur qui avait fait don de son corps pour la science, voulant montrer les effets nocifs du travail dans les mines de charbon. Il ignorait que ses organes étaient couverts d'ulcères. Le charbon avait fait son œuvre, mais les conditions de vie avaient joué leur rôle aussi. La gastro-entérologie n'était pas aussi avancée que maintenant.

– C'est pour cela que vous voulez qu'on suive les cours de médecine légale, chuchota dans un souffle Célestin.

– Oui. Vous maîtrisez votre domaine, mais vous devez maîtriser celui des autres spécialistes. Un corps fonctionne à l'unisson de ce qu'il contient, si vous ignorez cela, vous ne soignerez qu'à moitié.

Les pontes quittèrent le bloc satisfaits tandis que Moriceau se disait qu'il venait de recevoir une belle leçon. Il enviait la place du professeur, espérait la lui « piquer », mais il venait de comprendre qu'il pouvait toujours rêver. Bonneau avait raison, elle était d'une redoutable efficacité. À la sortie, chacun se congratula et ordonna à Guenièvre d'aller se reposer « On rediscutera en fin d'après-midi ».

2

– Merci d'être venus.

Maladroits, inquiets, étonnés, dans l'attente, ils s'installèrent autour de la table : Del Monte, père et fils ; sœur Françoise-Xavier, sœur Adèle et la mère supérieure ; Henri-Jacques, enfin. Ce dernier ressentait des émotions ambivalentes à se retrouver ainsi dans la pièce interdite. Son père avait transformé une partie du cellier en bureau dont l'accès lui avait toujours été refusé. Il n'avait jamais demandé pourquoi, sachant simplement qu'il était destiné à Guenièvre. À présent, il en avait franchi le seuil en se demandant s'il n'avait pas commis un sacrilège. Mal à l'aise, il s'assit en bout de table et, comme les autres, s'imprégna de la pièce. Peinte en blanc cassé, elle était assez lumineuse malgré le faible éclairage venant du vasistas. Aux murs, on trouvait pêle-mêle des photos de guerre, des photos de lieux, des listes de calculs, une carte sur laquelle des épingles indiquaient des emplacements ; deux armes accrochées ornaient un mur tandis que sur le mur leur faisant face, le plan d'un bâtiment à deux étages s'étalait. La table devait être encombrée de feuilles, de dossiers, car une pile de documents, tenant par l'opération du Saint-Esprit, occupait un angle. Chaque jour depuis une semaine, Guenièvre venait dans cette pièce, laissant son ami se questionner sur les raisons de sa présence. Le suspense allait prendre fin et surtout une tournure inattendue.

– Je ne vais pas revenir sur l'année 45, tout le monde, ici présent, en connaît l'histoire.

Gianni Del Monte, sentant que la réunion serait longue, se leva pour servir les breuvages avec les petits pains au lait qui les accompagnaient.

– En août 1945, les Alliés, contraints et forcés, cédèrent la place aux Soviétiques à l'Est. De Gaulle, avant que le rideau ne tombe, avait lancé une opération de récupération des soldats français prisonniers de guerre. Ce fut le travail de l'Escadron Bleu[6] : des femmes, plus courageuses les unes que les autres, se lancèrent sur les routes dévastées jusqu'en Pologne pour rapatrier les soldats. Albert avait rencontré Jan en mars au milieu des soldats russes, peu de temps après la découverte des camps de la mort. Il connaissait papa et les Philandrin, car pendant l'Occupation, il avait appartenu au maquis.

Alerté par ce que Jan avait vu et sachant Bertille en Pologne, il avait contacté les filles de l'Escadron et les représentants de la France en Pologne pour savoir ce qu'il allait advenir des religieuses étrangères présentes dans la zone russe. L'ambassade de France ou ce qu'il en restait a fait de son mieux, mais faire sortir Bertille relevait de l'impossible. Les exactions dont étaient victimes les femmes étaient connues des Alliés, mais je

---

[6] Philippe Maynial, Madeleine Pauliac l'insoumise, éditions XO, 2017

suppose que c'était perçu comme un dommage collatéral.

Elle s'arrêta pour regarder les sœurs.

– Les religieuses n'ont pas échappé à la règle. C'est pour cela que lors d'une permission d'Albert, papa et lui ont monté une opération, à laquelle s'est joint Jan, pour aller récupérer Bertille. Ici, c'est le plan du bâtiment. Je ne vous ai pas fait venir pour exhumer de vieux cadavres — elle sourit un instant en regardant Gianni — mais pour savoir si l'accusation de Bertille était vraie. Ils ont réussi à la sortir du couvent, mais deux ans plus tard, elle leur a fait le reproche de ne l'avoir sauvée qu'elle et elle seule, abandonnant les autres à leur sort. Papa et Albert ne se sont jamais réellement remis de cette remarque et depuis 1947, Albert cherche si Bertille avait raison. Vous êtes des hommes habitués à ces situations, j'aimerais que vous me disiez s'ils auraient pu sauver toutes les religieuses.

Le silence déjà bien présent se fit plus lourd. Henri-Jacques se leva, marcha un instant puis s'approcha du tableau.

– Papa était un soldat chevronné. Je l'ai vu passer des heures dans cette pièce. Si j'avais su…

– Bon, si on veut une réponse, il faut être pragmatique, fit la voix décidée de Del Monte père, comprenant l'importance de la question. Combien d'hommes ?

– Trois.

– Quelles armes ?

– Celles qui sont dans le fond de la pièce.

Tous se retournèrent pour faire face à un fusil et une baïonnette.

– Je vois.

– Un Mi calibre 30, huit cartouches, commenta Henri-Jacques.

– Et une baïonnette...

– Ouais. Combien de nonnes ?

– Vingt et une.

Les trois hommes fixèrent Guenièvre, incrédules.

– Donc là, vous nous demandez si trois hommes armés avec pas grand-chose peuvent faire sortir vingt et une nonnes d'un couvent, en pleine zone soviétique en pleine débâcle de 45 ?

Elle acquiesça.

– C'est le plan du couvent ? interrogea Gianni.

– Oui. Les croix indiquent la position des religieuses, du moins dans le souvenir de Bertille.

– Dans le... ?

– Bertille a rempli des petits cahiers avec ses souvenirs.

– Catharsis ?

– Culpabilité, plutôt.

– OK. Les croix rouges ?

– Bertille et ici — elle indiqua la pièce face à la chambre de Bertille — Jana, novice de dix-sept ans.

Les hommes serrèrent les mâchoires se doutant de la suite.

– Professeur, racontez ce que vous savez, demanda doucement Del Monte père. Qu'on comprenne bien.

– Fin août, Albert, Jan et papa sont arrivés devant le couvent. Ils avaient voyagé de nuit, ont souvent été arrêtés, mais toujours été relâchés. À proximité de la frontière polonaise, ils ont acheté au marché noir des uniformes russes. Le pays était déchiré par les violences multiples. Un vrai chaos. Albert dit qu'ils sont entrés par la grande porte, quasi défoncée. Ils ont croisé trois Russes auxquels Jan a sorti un boniment qui les a faits rire. À gauche, c'est la salle principale qui donne sur les cuisines. Il se rappelle les bruits nombreux, mais indéterminés. À droite, un couloir qui mène au cloître et à diverses salles. Plutôt calme de ce côté. Ils ont pris à droite pour éviter les Russes, ont pris les escaliers. Ont croisé deux soldats bien éméchés qui leur ont conseillé la cellule du fond. Ils ont traversé le couloir. Il y a quatorze cellules à cet étage, Bertille et Jana sont dans celles du fond. Sur leur parcours, des bruits venant de deux autres cellules se font entendre, Albert suppose donc qu'il y avait des soldats à l'intérieur. La cellule de Bertille était fermée, ils ont poussé la porte, sont tombés sur trois soldats. Jan a salué en russe, papa a tranché la gorge du plus près, Albert a brisé les cervicales du deuxième pendant que papa tuait le troisième. Tout cela a pris quelques secondes.

L'atmosphère s'était fortement rafraîchie.

– Bertille était hagarde ; en voyant Jan, elle s'est mise à hurler. Albert a dû l'assommer pour la faire taire afin qu'elle ne donne pas l'alerte. Papa et Albert ont balancé les corps des Russes par la fenêtre. Au moment de sortir avec Bertille inconsciente, la porte de Jana s'est ouverte, deux soldats en sont sortis, remontant leur braguette. Derrière, Jana sur son lit. Le sang de papa n'a fait qu'un tour : il les a égorgés dans le couloir. Albert l'a aidé à les jeter par la fenêtre puis est allé voir sœur Jana dans le but de l'emmener. En écoutant Jan s'exprimer dans sa langue, elle s'est mise à les supplier de l'aider à mourir.

Guenièvre fit une pause pour contenir sa colère et sa tristesse.

– Elle leur a demandé de la tuer.

De nouveau, elle fit un arrêt.

– Albert lui a offert ce qu'elle voulait.

Henri-Jacques cilla un instant, puis s'assit pour se prendre la tête entre les mains.

– Pourquoi ne m'en a-t-il jamais parlé ? J'aurais compris. Je suis un soldat, comme lui. Il était mon père, c'était la guerre, comment aurais-je pu le juger ?

Des larmes longtemps retenues coulaient sur ses joues.

– Il a tué une religieuse. Pour lui, c'était plus qu'une honte.

– Qu'ont-ils fait ensuite ? interrogea Gianni le nez sur le plan.

– Ils ont réussi à sortir Bertille. Ils l'ont installée dans le camion, puis papa et Albert sont allés chercher les corps.

– Pour éviter les représailles, évidemment, grommela Del Monte père.

– Oui. Ils ont vu arriver une patrouille in extremis, sont partis en disant qu'ils rejoignaient leur régiment « après avoir passé un bon moment ».

Elle se tut, épuisée.

– Commandant, on peut reconstituer ?

Henri-Jacques leva des yeux perdus vers Gianni, puis se ressaisit. Prenant le fusil, il prit le rôle de son père tandis que Gianni prenait celui de Raymond.

– Bon, on part du principe qu'on a une compagnie, c'est en gros quarante soldats, expliqua Henri-Jacques redevenu maître de lui-même.

– Le plus gros dans la salle.

– Donc on entre. J'ai huit cartouches prêtes, faut compter moins d'une minute pour recharger.

– Sauf si on pique un fusil-mitrailleur avant.

– OK. On pique un fusil-mitrailleur, on tue ceux de la salle.

– Débarquent alors ceux des étages.

– On tire, des corps à corps.

– Dites, est-ce qu'il précise s'il y avait du bruit dehors ? questionna soudain Del Monte père.

– Pas que je me souvienne.

– S'il y a du bruit ça passe, poursuivit-il, mais si c'est silencieux…

– Si c'est silencieux, on se prend un bataillon. Pas le même nombre d'hommes, commenta Henri-Jacques.

– Admettons que vous tuiez tout le monde, il vous reste vingt et une sœurs qui ne seront pas toutes valides…

– Et qui ne vous suivront pas.

La voix claire de sœur Adèle fit sursauter l'assemblée.

– Aucune religieuse ne vous suivrait. Nous avons prononcé des vœux, ils sont notre sang. Notre vocation est l'amour des autres. Malgré les horreurs, elles ne seraient pas venues.

– Sauf si leur mère supérieure l'avait exigé, pensa à voix haute sœur Françoise-Xavier.

Sœur Adèle se tourna vers sa coreligionnaire en lui souriant.

– Nous avons, vous et moi, connu cette époque. Et même si la maladie me fait oublier le présent, le quotidien, ce temps-là est bien dans ma tête. Nous n'avons pas subi cette ignoble violence, poursuivit-elle s'adressant aux autres, mais nous avons connu les affres de la guerre. Un jour, la Wehrmacht s'est trouvée devant notre porte. Ils réclamaient deux jeunes filles juives que nous cachions comme novices. Ils nous ont menacées. Nous n'avons pas cédé. Nous avons fait corps et notre Supérieure leur a tenu la dragée haute en soutenant que c'était des novices.

– C'est ton grand-père qui est intervenu, continua sœur Françoise-Xavier. Il a déboulé et s'est placé entre eux et nous. Je ne me rappelle plus trop ce qu'il leur a dit, mais un soldat est alors sorti du rang pour confirmer ses dires. Je n'ai jamais compris pourquoi ce soldat avait menti. Il l'a payé de sa vie, son chef l'a fait fusiller devant nous pour lui avoir tenu tête. Nous l'avons enterré dans notre cimetière et après la guerre nous avons contacté sa famille.

– Les Müller ! s'exclama Guenièvre.

– Eux-mêmes.

– Ils viennent tous les ans au couvent à Pâques !

– En mémoire de leur fils.

– Peut-être que la Supérieure aurait donné l'ordre de quitter le couvent, murmura la mère supérieure. Je crois que c'est ce que j'aurais fait.

– Pardonnez les propos du vieil homme que je suis, ma mère, mais vous ne pouvez pas l'affirmer. La guerre n'a pas la même saveur quand on est dedans et quand on est dehors. Aucun d'entre nous ne pourra jamais trouver la réponse à votre énigme professeur. Même s'ils étaient sortis avec toutes les religieuses, ils avaient les barrages à franchir, avec des femmes en mauvais état, sans compter les cinq cadavres.

– Ils ont réussi à ramener Bertille.

– Guenièvre, ils ont eu de la chance, contra doucement Henri-Jacques. Ils n'avaient quasi pas d'armes et trop d'otages à évacuer.

– Surtout trop de soldats à affronter avec si peu d'armes.

– Alors pourquoi Bertille leur a-t-elle reproché de l'avoir sauvée ?

♫

Henriette et Raymond passèrent quinze jours à se demander ce que faisait leur fille aînée. Elle avait repris ses habitudes auxquelles s'était ajoutée son installation plusieurs heures durant dans la chambre de Bertille. Elle ne parlait guère, mais cette fois-ci, ce silence les contraria. Henri-Jacques, aussi, avait changé. Ils n'aimaient pas cela. Le passé familial surgissait dans leur foyer et ils en craignaient les effets indésirables. Pourtant personne ne posa la question qui les taraudait. Raphaël Mattei-Porcher tenta bien de les rassurer, mais en vain.

Guenièvre, quant à elle, cherchait chaque jour les motifs du reproche de Bertille, insatisfaite de l'hypothèse des Del Monte : la culpabilité d'avoir survécu.

– Il y a autre chose, grommelait-elle assise sur la bergère de la chambre.

La chambre de Bertille était simplement équipée : un lit, une bergère, un broc et une vasque posés sur une table. Rien au mur, pas de cadres, pas de photos. Une chambre nue de carmélite en somme. Bertille avait réinvesti sa chambre d'enfant à son retour de Pologne, au deuxième étage de la maison. Elle y était seule. C'est à cet étage que Guenièvre s'installa plus tard, se créant une sorte d'appartement en faisant tomber trois cloisons, la bibliothèque séparant son espace personnel de la chambre de sa marraine. Le deuxième étage n'avait pas bougé depuis sa construction : les chambres et la bibliothèque. Seuls les sanitaires et une douche avaient été ajoutés dans les pièces occupées par Guenièvre. Elle s'était donc convaincue qu'elle trouverait la réponse à sa question en s'imprégnant de l'atmosphère de la pièce. En pure perte jusque-là. Elle avait alors ressorti les petits cahiers que Bertille lui avait confiés au moment de sa confession.

– Prends-les. Je les ai écrits pour que tu comprennes. Je sais ce que je te demande, mais je vais mourir, je le sens. Je n'ai pas peur. Mais je veux qu'ils sachent que je leur pardonne.

Le « ils » étaient ses bourreaux. Mourante, elle leur avait pardonné leur violence et tenait à leur faire savoir afin qu'ils meurent en paix. Sauf qu'ils étaient déjà morts et qu'elle l'ignorait. Les circonstances mirent Gianni et son père sur sa route et lui permirent de tenir la promesse faite. Elle n'eut pas à leur dire que Bertille leur pardonnait, elle les enterra en terre consacrée dans leur ville respective. Gianni avait été un génie, selon elle. Il avait monté l'opération d'excavation, de transport et d'inhumation comme s'il s'était agi d'une promenade de santé. Ils étaient partis avec trois camions en direction de la Forêt Noire, là où Albert et son père s'étaient débarrassés des corps en leur donnant une rapide sépulture. Le genre de truc qui scotcha Gianni quand il l'apprit. « La pourriture doit rester avec la pourriture », avait-il dit. Ils les avaient déterrés et identifiés sans difficulté, les deux hommes ayant noté précisément l'emplacement et ayant laissé les plaques militaires. « Remarquez, ça va nous faciliter les falsifications, mais franchement, on parle de salopards... ». Les corps avaient été placés dans les camions réfrigérés puis emportés en Russie en passant par la Biélorussie « On a peut-être des affaires à faire là-bas ». Les six hommes de Gianni s'étaient acquittés de leur tâche sans poser de question, simplement en se demandant pourquoi on faisait tant de chichis pour des « merdeux ». Mais puisque c'était la volonté d'une nonne, on se devait de la respecter. Les cinq hommes retrouvèrent leur patrie, leur famille et peut-être la paix de l'âme. Bertille, quant à elle, mourut au moment de la dernière pelletée de terre sur le dernier corps. La promesse avait été tenue, les dernières volontés de Bertille respectées, mais Guenièvre ne s'était pas sentie mieux pour autant.

Maintenant, c'était ce reproche qui l'obsédait. Sa marraine n'avait jamais pardonné à son père ou à Albert. Alors pourquoi ? Elle n'avait d'autre choix que de reprendre les petits cahiers, de les étudier comme son professeur de français le lui avait appris : en analysant les mots, le sens des phrases, en cherchant le sens caché. Ce qu'elle fit. Après des heures et des heures de lecture, de prise de notes, de surlignage, elle était toujours aussi perdue. De guerre lasse, elle s'accorda une pause et laissa le quotidien prendre les devants de la scène, plaçant sa question en fond d'écran.

♪

Alors qu'elle ramait depuis deux heures, son cerveau fit un lien entre deux phrases. Puis un autre lien. Elle s'arrêta de ramer se laissant bercer par le courant pour suivre ce fil ténu. De remous en remous, l'idée se fit plus précise pour devenir une évidence : elle avait trouvé ! Sa découverte aurait dû la remplir de joie, pourtant elle en resta perplexe. Une seule personne pouvait l'éclairer et elle venait de passer à toute berzingue sur le chemin de halage.

♪

– Bonjour ma toute belle ! s'exclama sœur Marie-Bénédicte une roue à la main. Tu ne pourras quand même pas nier que notre Seigneur me fiche de belles frousses ! Regarde l'état de mes freins ! Un peu plus et je flottais dans le Doubs !

Retournant à son établi, elle demanda à Guenièvre ce qu'elle pouvait faire pour elle.

– C'est quoi le pire pour une religieuse ?

Sœur Marie-Bénédicte redressa la tête et fixa son interlocutrice. Constatant que la question était sérieuse, elle prit un temps pour réfléchir.

– Ton interrogation est vaste. Au débotté, je dirais le doute. Douter de sa Foi, de son engagement. Apparemment, ce n'est pas la réponse que tu attendais.

Guenièvre sourit tristement.

– Quelque chose tracassait Bertille au point d'en avoir fait le reproche à papa. Je pensais avoir trouvé.

– Et si tu me disais à quoi tu pensais ? Guenièvre, je suis une religieuse, j'ai prononcé des vœux dont la moquerie et le jugement sont exclus, ajouta-t-elle la voyant hésiter. Sauf si tu préfères en parler avec sœur Françoise-Xavier ?

– Le reniement de Dieu.

La religieuse, bien qu'aguerrie, vacilla.

– Guenièvre ! Je... je ne sais pas quoi... Enfin, ce n'est pas possible. Aucune nonne ne renierait Dieu. Jamais.

Elle se tut encore sous le choc.

– On n'entre pas dans les ordres en passant par Pôle Emploi. Je...

Un silence.

– J'avais dix-sept ans, commença-t-elle en s'asseyant. C'était en plein après-midi à la plage. J'ai ressenti une drôle de sensation. Une chaleur, un regard appuyé. Je me suis retournée. Elle était là. Je suis entrée en religion appelée par la Vierge. Elle ne m'a pas parlé, elle était simplement là. J'ai senti sa présence.

Un silence.

– Aucune sœur ne renierait Dieu, car elles sont appelées par lui. Elles peuvent ignorer l'Appel, avoir des doutes, mais le renier, non.

Les deux femmes se regardaient.

– Tout va bien ? fit une voix dans leur dos. Sœur Marie-Bénédicte ?

La religieuse était encore perdue.

– C'est de ma faute, ma sœur, j'ai posé une question inappropriée.

Sœur Françoise-Xavier, sœur Adèle à son bras, les observa, quelque peu inquiète.

– J'ai demandé si une sœur pouvait renier Dieu, lâcha-t-elle d'un bloc.

Le silence s'amplifia.

– Bertille était en droit de le faire, intervint sœur Adèle, comprenant l'origine de la question. Toutes les sœurs de son couvent étaient en droit de le faire. C'est la seule conséquence logique.

Sœur Marie-Bénédicte était figée, la bouche ouverte. Depuis cinq ans, sœur Adèle diminuait : des oublis, des paroles incohérentes, des confusions d'horaires. Seule la récitation des prières ne changeait pas. Et là, elle tenait des propos sensés. Son regard allait des sœurs à Guenièvre, de Guenièvre aux sœurs, pour finir par faire le lien entre les trois femmes : Bertille.

– Il aura fallu que ce soit grave, murmura-t-elle.

– Est-ce qu'elle est quand même avec Lui ? questionna Guenièvre d'une voix d'enfant.

– Ah ben, encore heureux ! Sinon, je Lui dirai ma façon de penser en arrivant ! rouspéta pour de vrai sœur Adèle. Sans déconner !

Les deux sœurs sursautèrent. Cela faisait bien des années, même plus que cela, que sœur Adèle n'utilisait plus le juron d'Albert. Guenièvre embrassa la vieille religieuse.

– Dis-le à ton père, conseilla sœur Françoise-Xavier. Maintenant, tu as la réponse.

– Tu peux jouer un peu avant de partir ?

– Sœur Adèle, il commence à se faire tard…, Guenièvre doit rentrer.

– Laissez, ma sœur. Je vais jouer, je vous dois bien cela.

♫

En rentrant, elle trouva ses parents et Jan dans le salon.

– Vous devriez être couchés.

– Toi d'abord, ronchonna son père.

Elle s'assit en face d'eux.

– Bertille n'était pas en colère contre vous.

– De quoi tu parles ?

– Du reproche qu'elle vous a fait : ne pas avoir sauvé les autres.

Les deux hommes baissèrent la tête. Ainsi, elle savait !

– Papa, Jan, elle était en colère contre elle. Contre elle seule. Je crois qu'elle voulait mourir.

– Mais ?

– Maman… Écoutez, elle souffrait, atrocement, si fortement, qu'elle… Elle avait fini par renier Dieu.

Seule, Henriette comprit. Les deux hommes restèrent dans l'attente.

– Papa, renier Dieu pour une religieuse est le pire qui puisse arriver.

– Non, ma fille, le pire qui puisse arriver est ce que nous avons vu là-bas et ce que Jan a subi. Dieu n'était pas là.

– Pas pour Bertille. Je ne comprends pas moi-même, mais c'est ainsi.

– Elle est devenue recluse pour expier ? murmura Henriette.

– Oui.

– Mais alors pourquoi le vingt-trois décembre ?

Elle vit sa fille sourire, se lever, monter à ses appartements, en redescendre pour lui tendre un paquet de petits cahiers.

– Ils te reviennent. Je ne les ai pas lus, Bertille les a écrits pour vous. Je devais attendre le bon moment pour vous les transmettre. Je crois qu'il est venu.

Tremblante, les yeux embués de larmes, sa maman prit le paquet ficelé avec un ruban rose. Jan et Raymond eurent bien du mal à masquer leur émotion. Les laissant découvrir ce que Bertille n'avait pas su, pu leur dire de son vivant, elle monta se coucher, Rachmaninov et Chopin sur ses talons. Colette fit comme à son habitude, elle se cala sur les genoux d'Henriette et attendit. Elle ne savait pas quoi, mais elle le faisait quand même.

« Je crois qu'il faut commencer par le commencement. Je n'ai jamais eu ton talent d'écrivain, en revanche, j'ai le talent de conteur de grand-père. Je gage que tu trouveras, vous trouverez, plaisir à me lire.

Il faut que vous sachiez que ce vingt-trois décembre est le plus beau cadeau de ma vie. De ma deuxième vie. J'ai perdu la première dans les horreurs de la guerre et si je puis écrire à présent, c'est parce que vous m'en avez donné la force. Je sais combien mon choix t'a fait souffrir. Il n'était pas dirigé contre toi, mais contre moi. Il me faut expier, sauf pendant une journée que Notre Seigneur m'a offerte. Une journée de bonheur à voir grandir Guenièvre et ses sœurs ; à te voir heureuse entourée de ta famille et soutenue par un mari aimant (qui j'espère se rend compte de la chance qu'il a eue d'épouser une Philandrin !) ».

Le trait d'humour fit jaillir les larmes de tous.

« Je suis sûre que tu te demandes pourquoi le vingt-trois décembre. Ce jour-là, maman avait fait un malaise et tu as accompagné papa à l'hôpital. Jan et Raymond étaient de service. Tu m'as donc laissé la garde de ma filleule.

Guenièvre devait avoir un an. Je ne l'aimais pas. Je ne vous aimais plus. Je prie chaque jour pour me faire pardonner cela. Ne plus vous aimer ! Quelle folie ! Vous qui m'avez tant apporté. Nous étions dans le jardin. Elle rampait dans tous les sens, Gustave à ses côtés. J'ignore comment, pourquoi, mais soudain, j'ai senti qu'on s'accrochait à ma robe. Elle était là, assise, tentant de se redresser. Puis elle a réussi. Elle se cramponnait à ma jambe, s'est mise à me regarder en riant aux éclats et moi, pour la première fois, je la voyais. Je voyais cette enfant s'accrocher à moi pour grandir. Elle est tombée, a pleuré un instant jusqu'à ce qu'elle se rende compte que dans sa chute, elle avait renversé Gustave qui s'agitait pour se remettre dans le bon sens. Moi, je ne faisais rien, j'étais comme engourdie. Je me rappelle qu'elle m'avait regardée, demandant mon aide sans doute, mais devant mon inertie, elle a pris les devants : elle a attrapé la carapace, a remis Gustave à l'endroit, s'est mise à babiller avec lui jusqu'à ce qu'il sorte sa tête et là, elle lui a fait un bisou pour se faire pardonner.

C'est là que je suis revenue à la vie. Grâce à ce geste et au regard rempli d'amour qu'elle a posé sur moi. Je ne peux pas l'expliquer, c'était comme une main tendue. J'ai voulu revivre cette journée chaque année. Un rai de lumière divine dans une année d'expiation.

Je me rappelle m'être levée, l'avoir prise dans mes bras, lui avoir fait un bisou qu'elle m'a rendu. Nous nous sommes promenées dans le jardin puis je lui ai préparé du lait avec de la vanille. Je n'ai jamais compris que tu préfères la cannelle ».

Ils lurent encore quelques pages, puis s'interrompirent la nuit étant bien avancée. Ils savaient, désormais, que chaque soir, ils liraient les cahiers de Bertille. Que chaque soir, elle serait de nouveau parmi eux.

3

– Fantastique ! Vous êtes venu ! Les filles !

À peine le cri de guerre lancé, Raphaël Mattei-Porcher s'était trouvé encerclé par les cinq Philandrin. De loin, il vit le sourire de Guenièvre.

– Mesdemoiselles, on se range !

Une ligne de sœurs se présenta.

– Bon, donc moi, c'est Philomène, numéro deux, mais on se connaît déjà. Voici, Léontine, numéro trois, Blanche, numéro quatre, Mathilde que vous connaissez et Adèle, la numéro six.

Les sœurs s'amusèrent à faire une révérence à l'appel de leur nom tandis que le pédiatre prenait plaisir à cette présentation. Nul n'aurait pu nier le lien de parenté. Impossible. Même taille, même allure, même visage enjoué et doux.

– Bon, ben du coup, on est obligés de faire pareil, fit une voix masculine. Moi, c'est Robert, le mari de Philomène. Mon voisin, c'est Jean-Marc, le mari de Léontine. Celui qui joue les rebelles en restant près de Raymond, c'est Franck le mari de Blanche. Quant à Adèle, son Gaspard est resté en Suisse pour cause de divorce.

Raphaël nota la délicatesse de son interlocuteur à ne pas mentionner le mari de Mathilde, mort au combat.

– Eh bien, moi, c'est Raphaël.

– Coucou ! lança une voix fluette.

– Bonjour Sébastien.

Quand il repensa à cette journée, il se rappela les odeurs, le goût succulent des plats, le bavardage incessant des sœurs Philandrin ; que l'un des beaux-frères était professeur de grec ancien à l'université, une des sœurs institutrice, Mathilde sans doute, une autre, ce devait être Adèle, éducatrice spécialisée ; il y avait aussi un zoologiste et un comptable. Léontine devait être… mince, quoi déjà ? Ah oui, archéologue. Non. Podologue ! Oui, c'est podologue et Blanche était esthéticienne. Pfouif. Les Philandrin étaient une sacrée équipée. Quant aux enfants des sœurs, alors là, il n'avait retenu que Sébastien, ce dernier étant devenu son patient.

Il avait passé une excellente journée. Vraiment. Familiale, pleine d'entrain. C'était Philomène qui l'avait invité « Vous êtes de la famille maintenant, il faut que vous rencontriez tout le monde ». De la famille. Parce qu'il soignait Sébastien à la suite d'une cascade dans la cour de récréation qui avait affolé tout le monde ? Parce qu'il côtoyait davantage Guenièvre ? Parce qu'il était proche de Henri-Jacques ? Ou parce qu'il avait été adopté par la famille ? Sans doute tout à la fois. En souriant dans son lit, il se remémora les grands moments du repas.

Cela avait commencé par les sœurs Philandrin qui harcelèrent leur aînée pour connaître les tenants et les aboutissants de la visite des « huiles » et reçurent pour toute réponse « Rien de bien particulier », « Tu as refusé leur proposition » conclurent-elles, « Évidemment ». Le « évidemment » avait fait sortir de ses gonds l'un des beaux-frères soi-disant qu'elle devait penser à son avenir, arrêter d'être égoïste, penser au bien-être de ses parents qui se résumait, selon lui, à les caser dans un deux-pièces d'une résidence sénior, afin de vendre la maison et avoir une avance de trésorerie « au cas où ». Il avait admiré le calme olympien de Guenièvre et sa réponse laconique « Cette maison a été construite par un Philandrin, elle sera transmise à un Philandrin ». Ce à quoi elle avait ajouté que le clapier à lapin envisagé était un peu onéreux à son goût et « que de toute façon, vous recevrez chacun la part de la maison vous revenant ». Ce à quoi le père avait ajouté « dont Guenièvre paie l'entretien, les impôts depuis qu'elle travaille » et qu'ainsi, ils avaient pu économiser la part de chacune, « Maison estimée voilà deux ans », compléta sa fille aînée. La réponse dut convenir au beau-frère qui fut des plus agréables par la suite.

Au moment du dessert, les jappements agacés de Catamount retentirent. Henri-Jacques se leva suivi de Guenièvre, Raphaël leur emboîtant le pas. Gianni était au bout du jardin, les mains levées pour apaiser le chien.

– Ils ne connaissent pas les portes les Del Monte ? râla Raymond qui les avait rejoints.

– Désolé, commença-t-il contrit. Je voulais parler au professeur.

Elle l'accueillit avec un sourire.

– Voilà, c'est que, bon. Dans le village de mon père, tous les ans, on a une procession pour la Vierge. Et après, il y a une fête. Chaque année, c'est une famille qui organise. Là, ça tombe sur nous. Mon père voudrait un truc grandiose pour marquer le coup, pour rendre hommage aux femmes de la famille, vous voyez.

Il toussota.

– Donc, je me disais, que, mais je comprendrais que vous ne vouliez pas.

– Gamin, j'ai un Paris-Brest qui m'attend, alors accélère, ronchonna faussement Raymond.

– Ben voilà, est-ce que vous accepteriez de donner un concert ? Je sais, c'est un petit village de Naples, mais pour nous ce serait un honneur d'avoir une pianiste de votre talent.

Henri-Jacques regarda un Raymond tout aussi stupéfait.

– Il nous manque une étape, mon gars.

– Vous ne leur avez pas dit ? s'étonna Gianni regardant Guenièvre.

– Elle aurait dû nous dire quoi ?

– Ben…

– Accouche, Guenièvre n'est pas une causeuse, si elle n'en a pas parlé, c'est que ce n'était pas important. À ses yeux, tout du moins.

– Oh ben, comme vous y allez ! Le professeur a donné un concert en Pologne ! s'enthousiasma-t-il, espérant ne pas avoir fait de boulette.

– Ah oui ? fit Raymond, se tournant vers sa fille qui acquiesça.

– On peut avoir des détails ? interrogea Henri-Jacques.

Gianni se mit à narrer leur aventure, non sans avoir au préalable demandé l'accord de Guenièvre.

– Bon, on revenait d'Auschwitz. On n'était pas beaux à voir, plutôt déprimés. Alors le lendemain, on a marché un peu dans le village où on créchait. Voilà qu'on passe dans une rue et on entend un piano qui joue le même air moisi.

– La Lettre à Élise[7], précisa Guenièvre.

Les deux hommes regardèrent Gianni en se demandant pourquoi c'était moisi.

– La personne qui jouait butait toujours sur le même passage, expliqua-t-elle.

– Oh, ouais, moisi donc, confirma Henri-Jacques.

– Ah, mais que oui ! On a fait le tour du pâté, pendant bien une heure, et pendant une heure, c'était le même

___

[7] Référence à «Lettre ouverte à Elise», Anne Sylvestre.

passage. Bon, donc le soir, enfin, la nuit, vous appelez parce que… Enfin, voilà, vous appelez. Le professeur, elle me crie « Gianni, il me faut un piano ! ». Moi, je panique ! Où voulez-vous que je trouve un piano ? En Pologne en plus. Et là, je me rappelle le piano de l'après-midi. On filoche à toute vitesse, c'est fermé.

– Et tu entres par effraction, compléta Raymond.

– Commissaire ! J'ai de l'éducation ! Je crochète en douceur une fenêtre, on entre…

– Chez des gens ?

– Nan, c'était la salle des fêtes. Donc on entre. Le professeur se met au piano et joue. À un moment, longtemps quand même, je vois deux gars entrer.

– Des flics.

– Oui, des flics. J'imagine que le voisinage s'est inquiété d'entendre jouer au milieu de la nuit sans fausses notes. Je commence à m'approcher, eux, ils font de même et là, je les vois s'asseoir. Sans dire un mot. Bon, je retourne vers le professeur. Un peu plus tard, un autre gars arrive, le chef, qui nous regarde, regarde ses gars, hésite, s'assoit puis leur fait signe de partir avec lui. Moi, je m'approche de nouveau et celui qui fermait la marche me fait signe de ne pas oublier d'éteindre avant de partir.

– Voilà donc ce concert, murmura Henri-Jacques.

– Mais non, attendez la suite ! Deux jours plus tard, mes gars reviennent, on est en plein débrief et là, ça toque à la porte. J'ouvre et me voilà devant les flics !

Raymond et Henri-Jacques commençaient à être perdus.

– Donc ils me parlent en polonais et comme je ne comprends rien, y'en a un qui me dit « Vous venir ». Mes gars sont prêts à agir, mais je ne sais pas, y'a un truc qui me semble louche. Je leur dis de rester en retrait, je commence à les suivre et ils me font comprendre que le professeur doit venir aussi.

– J'imagine que le crochetage s'est vu...

– Même pas ! J'ai d'abord pensé comme vous, genre on va devoir payer les dégâts. Ben non. Ils nous conduisent à la salle des fêtes, et devinez ?

– Vois pas, répondit Raymond.

– Une salle pleine, bourrée à craquer, sur la scène une gamine devant un piano...

– Purée ! La Lettre à Élise !

– Oui, Monsieur Henri-Jacques ! Les flics nous poussent vers la scène, un gars dessus nous fait signe de monter. Je dis au professeur « Allez-y, ils sont au bord du suicide ». Et franchement, commissaire, c'était le cas. Ils étaient blancs et désespérés. Le professeur hésite, j'insiste, elle finit par monter. Je vous laisse imaginer les « oh » qui fusèrent quand elle s'est assise à côté de la gamine.

Il fit le geste précisant la différence de taille.

– Bien sûr, la gamine glapit en voyant le visage du professeur. Perso, j'ai failli monter lui en balancer une dans sa tronche, mais bon, c'était qu'une gamine. Le professeur s'assoit et joue le passage. Stupéfaction dans la salle. La gamine regarde bouche bée le professeur qui recommence. Elle saisit alors que le professeur veut qu'elle copie et voilà. Huit fois, au bout de huit fois, elle arrive à passer la note. Du coup, à la fin du morceau votre fille se lève pour partir et là, y'a un bonhomme qui débarque et qui lui dit qu'en gros que si elle veut jouer… Votre fille décline, moi, quand elle est en bas, je lui dis « que ce serait mieux d'y aller, ça fera oublier le crochetage et cela diminuera le taux de suicide », parce que franchement, ils tournaient au vert. Elle hausse les épaules et remonte.

Il s'arrêta un instant et regarda, subjugué, Guenièvre.

– Commissaire ! Ça a été magique ! Elle a joué comme je n'avais jamais entendu jouer ! Bon, c'est vrai, je ne suis pas souvent allé au concert, mais je sais reconnaître le talent ! À la fin, ils se sont levés comme un seul homme ! Avec des Bravos ! Des Hourras ! Un succès !!! Si vous veniez, ce serait pareil, ajouta-t-il en fixant Guenièvre. Notre famille bénéficierait de retombées énormes et vous épateriez tous ceux du village. Et pis, ce serait un beau moment de communion, de pardon.

– C'est bien sympa, intervint Raymond après un temps, mais la famille en question, elle est plutôt mafieuse.

– Commissaire ! On est rangés des voitures ! Le gros trafic, c'est plus notre truc. Même les renseignements généraux nous laissent tranquilles.

– En même temps, y'a plus dangereux que des trafiquants de cigarettes, se moqua Henri-Jacques.

– On fait aussi du Vuitton® !

– Oh, pardon, Votre Seigneurie.

– Quand ?

La voix de Guenièvre les fit sursauter.

– L'an prochain, à la fête de la Vierge, le 15.

Ils l'entendirent marmonner.

– Je vous dois bien cela. Je serai là le 15.

Raymond et Henri-Jacques crurent qu'il allait tomber en pâmoison tellement il était ému.

– Ouais, ouais, allez, du balai. Mon gâteau m'attend.

Gianni, le cœur léger, repartit en sifflotant.

– Non, mais je te jure. Il aurait pu téléphoner ou sonner, ben non, il passe par le jardin.

– Et donc, on peut savoir ou c'est une devinette ? questionna Adèle quand elle les vit revenir.

– Del Monte.

– Ben voui, Adèle, Del Monte, se moqua Philomène.

Cette dernière lança un clin d'œil à sa sœur. Sébastien, qui avait été envoyé en éclaireur, les Philandrin commençant à s'inquiéter de ne pas les voir revenir, raconta du haut de ses dix ans que « tante Guenièvre est célèbre et qu'elle donne des concerts ». Henri-Jacques, la fierté dans la voix, narra le reste.

– Ok, le 15 donc, fit Blanche. Les filles ?

– C'est noté. On a un an pour s'organiser.

– Organiser quoi ? demanda l'un des maris.

– Organiser notre présence au concert de notre sœur.

– Parce que si tu crois que tu vas jouer sans qu'on soit dans la salle, ben tu as vu la Vierge, ajouta Philomène, apercevant le visage surpris de son aînée.

Les deux tables éclatèrent de rire.

– Enfin, il faudra que maman te prépare ton programme, parce que je doute qu'on puisse tout interpréter ce jour-là. Il doit y avoir des règles.

– Très bien, il faudra alors organiser tes entraînements, trancha la voix maternelle enjouée. Tu ne peux pas y aller les mains dans les poches ! En Pologne, c'était exceptionnel, là il faut que tu travailles.

– Pauvres Jan et papa, soupira faussement attristée Adèle. Entendre de la belle musique excellemment jouée toute la journée, quelle torture.

Nouvel éclat de rire après que Guenièvre a tiré la langue à sa sœur.

– Sinon, Del Monte, c'est qui ? interrogea Mathilde, insatisfaite de la première réponse.

– Il est venu avec moi en Pologne.

– Oh. La Pologne, c'est un truc en rapport avec Bertille ?

– Oui. Et avec Jan.

– On peut savoir ou c'est une histoire de grande personne ?

Les sœurs n'attendirent même pas la réponse : elles pouffèrent et leurs rires communicatifs contaminèrent leurs enfants. Le dessert fut à la hauteur du repas : des mignardises accompagnées d'un vacherin. Ce furent les enfants, dont le plus âgé avait tout de même vingt-cinq ans, qui clôturèrent en beauté la journée, revenant tous livides du jardin.

– Y'a un truc dans le jardin qui bouge.

– S'il a deux pattes, c'est un Del Monte.

– Nan, c'est un monstre, gémit Sébastien.

Devant la mine plus que déconfite de leur progéniture, les parents se levèrent, mais laissèrent, tout de même, Henri-Jacques et Guenièvre passer en premier. Il y avait, en effet, quelque chose au cœur du jardin. Quelque chose qui faisait grogner Catamount, mais de loin. Quelque chose qui se mouvait lentement. Quelque chose d'énorme.

– Nom de Dieu !

– Henri-Jacques ! le sermonna sa femme depuis le perron.

Prudemment, il avança avec Guenièvre pour encercler le « truc ». Ça pouvait être un anaconda enroulé ou

– Gustave !!! s'écria Guenièvre.

– Tu déconnes ?

– Non !!! C'est Gustave !!!

– Guenièvre, Gustave est une tortue, ça, c'est… Une grosse tortue.

– Alors ? cria Jan.

– Elle dit que c'est Gustave.

Les aînés se regardèrent.

– Restez là, on va voir.

– Ce n'est peut-être pas très prudent.

– Philo, t'inquiète. Ta sœur a une pelle et Henri-Jacques une batte de base-ball, on ne risque rien.

– C'est peut-être un serpent ?

– Ta sœur l'aurait déjà découpé en rondelles.

Ils s'approchèrent.

– Merde alors.

– D'où ça sort ?

– Je vous dis que c'est Gustave.

Habitué aux cadavres donc n'ayant peur de rien, Jan s'approcha et confirma.

– Non, mais oui, c'est lui.

– Ah oui. Non, c'est bon, les filles, c'est Gustave.

La fratrie, dubitative, s'avança.

– Dites, Gustave, ce n'était pas la tortue de Bertille ?

– Ouais. On l'a jamais vue d'ailleurs.

– Exact. Moi, j'ai toujours cru que c'était une légende urbaine familiale.

– Sur la photo, elle faisait petite.

– Rhô, mais c'est Gustave ! Là, j'ai fait une croix sur sa carapace.

Les sœurs tendirent le cou.

– Ouais, tu lui as crayonné toute la carapace surtout.

– Pas étonnant qu'il se soit carapaté !

Toute la famille entourait Gustave et Guenièvre. Celle-ci passa sa main devant l'embouchure de la carapace.

– Non, mais c'est une tortue, pas un chien...

Eh bien, contre toute attente, après un temps, assez long sans doute, une tête sortit et se cala dans la paume offerte.

– Eurk.

– Et encore, là, elle ne lui a pas fait de bisou.

Raymond raconta avec un plaisir immense les carabistouilles de sa fille avec la tortue.

– Jean-Marc, ça va ?

– C'est... C'est incroyable. C'est fantastique. Vous savez ce que c'est ?

– A priori, une tortue.

– Mais vous êtes aveugles !!! C'est une tortue géante !!

– Sans déconner ? s'amusa Henri-Jacques.

– Des Galapagos !!! C'est une tortue des Galapagos !!!

– Impossible.

– Oh, ben, là, à moins qu'on soit devant la seule tortue obèse du coin, ironisa Raymond.

– Mais enfin, on n'est pas sous les bonnes latitudes !

– Ça, je reconnais que c'est un mystère.

– D'où elle sortait ? Je veux dire comment elle est devenue la tortue de Bertille ?

– Un frère à papa l'avait ramenée de voyage. De Madagascar.

– Ouais, ben, il s'est arrêté aux Galapagos avant. Ou alors, c'est une sacrée voyageuse.

– Les Seychelles !!!! s'écria Jean-Marc.

– Bien sûr…

– Elle vient des Seychelles !!!!

– En attendant, Galapagos ou Seychelles, elle est moche. Plus que le chien de Henri-Jacques, commenta Adèle.

– Ah, merci. Mon chien n'était pas si moche.

– Si, mais moins que Gustave, précisa Blanche.

– Bon, on en fait quoi du coup ? questionna le mari de cette dernière.

– Franck, on va laisser Gustave vivre sa vie ici.

– Et maintenant, on sait que cette maison ne pourra jamais être vendue, ou alors il faudra préciser qu'il y a un dinosaure dans le jardin, compléta Philomène.

Franck sembla quelque peu désappointé, au contraire des neveux et nièces de Guenièvre qui étaient sous le charme.

– C'est trop incroyable, s'extasia l'aîné des petits-enfants.

– C'est un signe, murmura sa grand-mère.

Ses filles se tournèrent vers elle.

– Un signe qu'elle va bien. Qu'elle nous protège.

Un silence accompagna la phrase.

– Raphaël, vous semblez pensif.

– Eh bien, je me demandais de quoi elle s'était nourrie pendant toutes ses années.

Chacun se mit à réfléchir.

– Je crois que nous venons de découvrir celui qui mangeait une bonne partie du potager, sourit Jan.

– À mon avis, il n'a pas dû manger que de la salade…

– Je ne préfère pas savoir, frissonna Adèle.

Non, vaut mieux pas, pensa le Doubs qui coulait par là. Ils restèrent encore un temps auprès du mastodonte avant de retourner dans le salon, car les jeux de société n'attendaient pas. Raphaël tenta de vaincre Guenièvre aux échecs, mais en fut pour ses frais.

– Ce n'est pas faute de vous avoir prévenu. Elle est imbattable ! C'est moi qui l'ai formée, se vantait Jan.

Il se rattrapa au Scrabble™ en équipe avec Léontine. Les autres s'esclaffant, riant aux éclats au Rami et autres jeux. Le soir venu, chacun retourna dans ses pénates : chez les Philandrin, chez Mathilde et chez Philomène. Tandis que Raphaël Mattei-Porcher s'endormait du sommeil du juste, le sourire aux lèvres, Guenièvre s'installait dans son bivouac, Henri-Jacques à sa gauche et Gustave à sa droite. Les chats de part et d'autre, à l'exception de Colette qui faisait l'étoile sur le dos de Gustave.

– Sacrée journée, hein ?

Il avait dit cela sachant qu'elle ne répondrait pas.

– Pourquoi ne nous ont-ils rien dit ?

C'était enfin sorti.

– Je suppose qu'ils craignaient qu'on les juge.

– Conneries.

– Sans doute.

– S'ils nous avaient parlé…

– Ils auraient dû affronter notre regard.

– Foutaises. Au moins, on aurait pu leur dire…

Il s'arrêta.

– Qu'on les aimait ? Ils le savaient.

– Non. Ils ne le savaient pas. Papa, je ne lui ai jamais dit.

Il laissa couler quelques larmes.

– Il aurait dû me le dire. J'aurais compris. J'aurais pu le rassurer.

– Albert avait trop peur. Pas de toi, mais de formuler à haute voix ce qui le hantait. En mettant des mots sur le passé, il lui donnait une réalité. Il ne le voulait pas. Comme tous, en fait.

Ils écoutèrent le fleuve s'écouler.

– Il est bien le médecin. Je veux dire, c'est un homme bien. Il sera un bon compagnon.

Ils étaient comme ça, tous les deux. Ils passaient d'un sujet à l'autre, sans lien, sans précautions oratoires. Ça sortait, brut.

– Henri-Jacques…

– C'est la vérité. Mathilde aussi devrait refaire sa vie.

– C'est plus compliqué. Matthieu lui manque.

– Ouais.

– Fort heureusement, Titouan est patient.

– Parce que Titouan s'intéresse à elle ?

Elle lui sourit.

– Raphaël est jeune. Trop jeune, reprit-elle.

– Foutaises.

– Facile pour un homme.

– Facile de se cacher derrière ce prétexte. On ne te demande pas de l'épouser, mais de profiter du présent. Raphaël est un homme avec les défauts d'un homme, mais avec les qualités qui te correspondent. De toute façon, s'il déconne, je lui casse les dents.

Il sentit son sourire dans la nuit.

– Tu crois que quand on meurt, on va bien là-haut ? Qu'on se retrouve ?

– C'est ce que disait Bertille.

De nouveau, le Doubs accompagna leurs pensées.

– Au fait, je ne t'ai jamais demandé, mais comment ont-ils fait pour les cadavres ? Gianni m'a dit qu'ils avaient laissé les camions réfrigérés avant d'entrer en Biélorussie. L'odeur de décomposition a dû se répandre.

– Ses gars ont mangé du chou pendant tout le voyage.

– Ah Ok.

Elle le vit se retourner pour s'endormir. Soudain, un immense rire fusa de dessous le sac de couchage. Colette miaula sa désapprobation puis tout rentra dans le silence. Seul le Doubs, immuable, accompagna les dormeurs tandis que dans le ciel étoilé, un astre plus brillant que les autres veillait sur sa filleule.

À paraître

Les contes de Zattise Zeqwestchen T3 : La Quête.